U0123150

文 學 叢 書 168

倒數計時

紀蔚然◎著

目次

倒數計時
COUNTDOWN

「一種形體，獅之身而人之首
一種凝視，空洞無情如太陽
⋯⋯
何方猛獸，終於在時辰已到之際
蹣跚走向伯利恆等待誕生？」

——W. B. Yeats, "The Second Coming"

〈序〉

亂碼
——一則對話的寓言

　　每回上節目打戲、接受訪問後，我總是帶著憂喜參半的情緒步出電台。喜者，強烈感受到如獲大赦、迎向天日的舒暢：畢竟在密室裡對著麥克風說話，不是人人適應得來。憂者，我再度轟出一支逆向全壘打，不但沒有達成推銷目的，還使已經買票的人萌生退票的衝動。導致如此反效果的原因有二：其一，主持人不知道他們在問什麼；其二，他們問的我不想聊，我想聊的他們不問，以至於我不知道自己在講什麼。

　　現公開一段訪談實錄，括弧裡的文字是我當時無法抑制卻不便表達的意念：

主持人：各位聽眾，大家夜安。又來到了「夜夜星辰」這個單元。

紀蔚然：（希望有車馬費）……

主持人：很高興邀請到名劇作家紀蔚然老師來到我們的節目。

紀蔚然：（長得不錯）謝謝。

主持人：今天最主要是想請老師談談十一月的新作《倒數計時》。

紀蔚然：（如果來電，可以請她喝咖啡）我的榮幸。

主持人：首先，能不能跟我們介紹《倒數計時》的劇情？

紀蔚然：（來電了）不能。

主持人：啊？

紀蔚然：（我要展現型男的脾氣）不能就是不能！

主持人：原來如此。

紀蔚然：（她不喜歡我）是的。

主持人：那能不能談談這個劇本要表現什麼？

紀蔚然：（她喜歡我）我寧可讓作品自己說話。

主持人：這句話好像李安說過。

紀蔚然：（她看不起我）我沒有李安的名氣，我的劇本沒露點、也
　　　　沒露蛋，但我還是堅持讓作品自己說話。

主持人：李安最令人佩服的地方，除了藝術造詣以外，就是他溫文
　　　　儒雅，不管多麼成功，永遠是那麼的謙遜。

紀蔚然：（今天的主題是我的劇本，還是李安的謙遜）是啊，真令
　　　　人佩服。

主持人：最後，我想請問紀老師，關於《倒數計時》還有什麼可以
　　　　跟我們分享的？

紀蔚然：（我想請你喝咖啡）沒有。

主持人：謝謝紀老師。

　　訪談結束，主持人竟搶先一步，邀我去喝咖啡。動機是，她從

來沒碰過像我這麼難搞的來賓，希望把我當作樣本來研究。一杯拿鐵下肚後，我心悸手麻，抖得花枝亂顫，她誤讀我的肢體語言，以為自己魅力無可擋，話開始多了。她向我坦承，訪問來賓前很少有時間閱讀資料，因此雜念不斷，無法專注。

　　現公開同一段訪談實錄，括弧裡的對白是她當時無法抑制卻不便表達的意念：

主持人：各位聽眾，大家夜安。又來到了「夜夜星辰」這個單元……
　　　　（這個節目有人聽嗎）

紀蔚然：……

主持人：很高興邀請到名劇作家紀蔚然老師來到我們的節目。（為
　　　　什麼我請不到李安）

紀蔚然：謝謝。

主持人：今天最主要是想請老師談談十一月的新作《倒數計時》。
　　　　（禿頭蠻嚴重的）

紀蔚然：我的榮幸。

主持人：首先，能不能跟我們介紹《倒數計時》的劇情？（鬍子很
　　　　性感，真想摸一把）

紀蔚然：不能。

主持人：啊？（夠直接）

紀蔚然：不能就是不能！

主持人：原來如此。（這是哪兒放出來的瘋子）

紀蔚然：是的。

主持人：那能不能談談這個劇本要表現什麼？（不知道還能問什麼）

紀蔚然：我寧可讓作品自己說話。

主持人：這句話好像李安講過。（居然有臉跟李安相提並論）

紀蔚然：我沒李安的名氣，我的劇本沒露點、也沒露蛋，但我還是堅持讓作品自己說話。

主持人：李安最令人佩服的地方，除了藝術造詣以外，就是溫文儒雅，不管多麼成功，永遠是那麼的謙遜。（看我殺殺你的銳氣）

紀蔚然：是啊，真令人佩服。

主持人：最後，我想請問紀老師，關於《倒數計時》還有什麼可以跟我們分享的？（這個瘋子恐怖得迷死人）

紀蔚然：沒有。

主持人：謝謝紀老師。（我想請你喝咖啡）

　　這個經驗給我很大的啟示，應驗了一個我始終相信卻苦無科學明證的直覺，那就是人與人對話好像在互傳亂碼，雙方雞同鴨講，卻也達到徹底的溝通：

主持人：這個節目有人聽嗎？

紀蔚然：希望有車馬費。

主持人：禿頭蠻嚴重的。

紀蔚然：長得不錯。

主持人：為什麼我請不到李安？

紀蔚然：如果來電，可以請她喝咖啡。

主持人：夠直接！

紀蔚然：來電了！

主持人：鬍子很性感，真想摸一把。

紀蔚然：我要展現型男的脾氣。

主持人：這是哪兒放出來的瘋子？

紀蔚然：她不喜歡我。

主持人：不知道還能問什麼。

紀蔚然：她喜歡我。

主持人：居然有臉跟李安相提並論！

紀蔚然：她看不起我。

主持人：看我殺殺你的銳氣！

紀蔚然：今天的主題是我的劇本，還是李安的謙遜？

主持人：這個瘋子恐怖得迷死人。

紀蔚然：我想請你喝咖啡。

主持人：我想請你喝咖啡。

　　或許有一天，我會提起勇氣，完全不理會觀眾的感受、票房的顧慮，為了追求藝術的上乘，為了剝開語言的假象，用史前密碼來

書寫對白。屆時，我已攀頂峰，臻至境，可以封筆了。

　但在這之前，我還得持續掙扎，期待錄音間的豔遇。

時間 2007最後一夜倒數計時前數小時
地點 台北一棟豪宅之頂樓

人物
傑瑞——35歲。

波羅——31歲。

張飛——41歲。

小恬——27歲。

大牛——44歲。

山豬——53歲。

舞台

一棟豪宅的頂層，樓中樓的結構。

底層的布置如下：舞台正中央有一組沙發，一大一小。長沙發前有一長方形茶几。舞台右前有一張貴妃躺椅，躺椅旁有一套小型電腦桌，桌上有一永遠呈開機狀態的筆記型電腦，桌前有一附滾輪的圓凳。舞台正後方有一吧台，後面有酒櫃，前面放置幾張高椅，椅座可以旋轉。吧台右側有一通往廚房的門框，以日式布帘隔開；舞台右後有一通道，通往玄關。壯觀的傾斜天窗佔據了舞台左翼，原可提供極佳的視野，卻因與另一大樓比鄰，由此外望，大部分的視線已被遮掩，窗面反映出的影像盡是對面大樓的灰色牆面及閃爍的電子招牌，唯有從特定的角度才能瞥見城市的夜景。天窗旁有一通向底層的臥室、客房及盥洗室的走道，它同時通往樓中樓。

上層的布置如下：除了弧形樓台的區域外，其餘的空間皆在視線之外。樓台左側通往樓梯，樓台右側通往套房。樓台靠欄杆前置有一只長軟凳。

目光所及的傢俱，除了仿古的躺椅外，都買自IKEA，使得整體的色調偏冷而略顯單調。

幕啓

　　大牛坐在圓凳上，看著電腦。

　　左耳戴著藍芽耳機的傑瑞從廚房走出，手裡捧著一盤洋芋片，將它放在茶几上，順便拿一片嚐嚐。

大牛：人呢？

傑瑞：應該快到了。

大牛：到底有多少人？

傑瑞：嗯……我太晚通知他們，我那一去ㄨㄚ朋友，很多早就有約了。

大牛：至少波羅和小恬會來吧？

傑瑞：會。

　　傑瑞走到吧台後面，找了一張抹布，擦拭台面。

傑瑞：我搞不懂這些外勞。每次跟Maria說要清這裡、掃那裡，她都說 "OK, OK, no problem" 結果每一次都有problem。

大牛：你這個單身貴族怎麼有資格用外勞？

傑瑞：跟我爸媽借來用地，一個禮拜兩次。我剛開始一直叫她Mary，有一天她很嚴肅地糾正我，說她的名字是Maria，不是Mary。我心想，Maria跟Mary有什麼不一樣？如果她對乾

　　淨的堅持有她對名字堅持的一半，要我叫她聖母瑪麗亞都可
　　以。

　　傑瑞走進去廚房，大牛看著電腦。
　　不久，傑瑞再度走出，手裡拿著一盤切好的義大利香腸。

大牛：（對著電腦）靠，你懂個屁啊！

傑瑞：怎麼啦？

大牛：有一個住在台灣的荷蘭人自以為把台灣看透了。

傑瑞：他怎麼說？

　　傑瑞把盤子放在茶几上，順便整理桌面。

大牛：「對台灣人來說，重要的是錢和吃，愛與性不重要。如果有
　　　　人說他愛你，那是沒有意義的。但是，如果他分給你一塊
　　　　肉，你就知道，你對他來說很重要。」

　　傑瑞身上的手機無聲震動，他邊走邊按下藍芽耳機的通話鍵，
開始對著空氣講話。看他這樣，大牛也不自覺地拿出身上的手機，
查看有無訊息。

傑瑞：（對著空氣講話）幹嘛？……什麼介面？不要不要，你先暫

　　時hold住不要幫我亂灌……艾莉絲，現在什麼時間了，你還在公司？（講完，按掉）

大牛：有沒有人常常誤以為你是瘋子。

傑瑞：有一次我在機場就是這樣講電話，沒想到坐在我對面的歐力桑以為我在跟他講話，居然跟我對起話來。是誰瘋了，你說？

大牛：艾莉絲，這個名字有想像空間。

傑瑞：不要亂想像。艾莉絲是個小男生。為什麼一個男生要取名為艾莉絲，我永遠搞不懂。我每次跟別人提到他的時候，都會小小疏離一下，不知道該用人字旁的他，還是女字旁的她。

大牛：台灣已經完全亂掉了。溫室效應不只破壞了天氣，還改變了基因。現在流行男不男、女不女。女生學問比男人好，見識比男人廣，成就比男人高，喝酒比男人猛，做愛比男人浪，講話像鴨子，笑聲像土狼。男生嘛，動作比女人文雅，髒話比女人少，化妝品比女人多，說起話來嗲聲嗲氣，走起路來小家碧玉。我一直相信一個陰謀，只是不敢向世人透露，因為怕被亂棒打死：我認為台灣現在的男孩，可能一生下來就被閹掉了。猶太人是割包皮，台灣人是乾脆連根拔起。講到這，我就要怪你們這些六年級的。我老哥那一代是macho的表率，我這一代嘛，LP當道，可是到了你們這一代，唉，怎麼竟然吹起一股邪風。

傑瑞：什麼邪風？

大牛：斯文風。

傑瑞做個紳士的姿態。

傑瑞：這樣嗎？

大牛：幹！就是那樣。

傑瑞：斯文沒什麼不好的，表示台灣終於進化了。總要有人跟那些動不動就「操他媽」或「塞你娘」的野蠻人平衡一下吧？

大牛：你們要搞文明，我沒意見，但是你們搞的文明已經生病了，而且病毒一直蔓延到七八年級。再這樣下去，我跟你大膽地預測，再過廿年，我們選出來的總統可能是一個名叫艾莉絲的男生。因此，我把台灣的希望放在中輟生，他們還算是macho的僅存碩果，是「塞你娘」的嫡系傳人。

傑瑞：你錯了。這些人是反文明的恐怖分子，只要有他們存在，台灣就永遠會很local。

大牛：Local沒什麼不好的。我要誓死捍衛「塞你娘」！我告訴你，台灣應該立法：會念書的不准從政，沒有LP的也不准競選。

傑瑞：那還剩下誰可以選？

大牛：嚼檳榔的。

傑瑞：Oh，my God，不要再提檳榔了。我想到檳榔就吐血。三年前我們為了跟椿腳博感情，一天不知吞了多少顆檳榔。結果呢？

大牛：結果我們在為一個只會嚼檳榔的流氓操盤，那傢伙得到的選
　　　票還沒有他嚼的檳榔多。

傑瑞：夠扯了。

大牛：你還好，只是吐血。別忘了，我公司就是從那時開始垮的。

　　　傑瑞走到吧台，開著紅酒。

大牛：幹嘛現在開？

傑瑞：要醒一下。

大牛：欸，Jerry，你要請的是7-Eleven的紅酒嗎，還需要醒一下？

傑瑞：這你就錯了，牛哥。不是所有的高檔紅酒就不需要醒的，這
　　　要看年份和產地，而且還要把台灣的濕氣納入考量，然後才
　　　決定需不需要醒，還有要醒多久。

　　　傑瑞聞聞拔出的軟木塞。

大牛：換句話說，你不倒給我一杯咯？

傑瑞：要醒二十分鐘，幫我注意時間。

大牛：計時開始。

傑瑞：剛才那個荷蘭人提到什麼肉啊？

大牛：根據這個荷蘭專家，台灣人不喜歡愛情，也不喜歡性。

傑瑞：那我們喜歡什麼？

大牛： 我們只喜歡錢財和食物。她說台灣人有錢吃飯最重要。假設
有人跟你說「我愛你」，你完全沒有感覺，可是要是她夾一
塊肉放在你盤子裡，你會感動到靠背。

傑瑞： 只有局外人才敢這樣亂放炮。如果你問我台灣是怎麼一回
事，我可以跟你坦白說，我不知道。

大牛： 我也不知道。

傑瑞： 你不要誤會喔，我可沒有你們這一代的幻滅感。從來就沒有
憧憬，哪來的幻滅。（剛開始語氣平靜，但越講越激動）我
只希望一個能讓我專心賺錢，一個讓我專心在事業上衝刺的
環境。這個要求不高吧？可是呢？整個環境讓人分心，把心
思浪費在沒有正確答案的事情上。我最賭爛那些每天在電視
上告訴我們台灣怎樣又怎樣的名嘴。他們是台灣最大的公
害。台灣到底是怎樣，說不出個所以然來，就不要說嘛，可
是這些媒體寄生蟲卻有辦法同樣的話一直說，一直說，一直
說。

大牛： （唱著小調）「我聽得人家說／說什麼」。

傑瑞： 我只是看起來激動。

大牛： 我對那些名嘴也很不爽，每次看到他們，我就會問：為什麼
不是我？

傑瑞： 其實你是可以的。

大牛： 現在就缺臨門一腳。

傑瑞： 哪一腳？

大牛：張飛的腳。她老闆是三立的廣告大戶，要是她能幫我引介，幫我push一下，我在那邊開節目的機率就很大。唉，現在談這個都沒用，張飛已經一個禮拜不接我電話了。

傑瑞：張飛她——

大牛：Michael跟媒體熟嗎？

傑瑞：我老闆只懂電子，其他的有點智障。

大牛：不會吧？上次你們公司尾牙，我看Michael跟媒體很麻吉的樣子。

傑瑞：我突然想到，那個自稱很了台灣的荷蘭人是公的，還是母的？

大牛：母的。

傑瑞：靠，這不就破案了嗎？她住台灣這段期間一定經歷過以下AB兩種情況。A情況——

大牛：聽起來很複雜，你需要Power Point嗎？

傑瑞：不需要，只有講話沒有power的人才需要Power Point。聽我說，A情況：她愛上了一個台灣人，但是對方只愛吃飯，不愛炒飯；B情況：她愛上了一個台灣人，但是兩個人為了一塊肉吵架。

大牛：誰會為了一塊肉吵架？

傑瑞：我會。我最近建立一個可以跟這個世界相安無事的原則，那就是：I don't share，我不跟人分享。比如說，我吃東西不跟人分享，不來（學嗲氣的女聲）「我的很好吃，你要不要

吃一口」或是（同樣）「你的好不好吃，我能不能吃一口」
那一套，我把「從一而終，個人吃個人的」這個原則看得跟
命運一樣重要。你選了什麼食物，不管好不好吃，就得跟定
那道食物。意志決定命運，不可三心二意，更不能怨天尤
人。自己order了義大利麵就不要肖想別人盤子裡的牛排。所
謂個人造業個人擔，大概就是這個意思。

大牛：造什麼業啊？只不過是義大利麵嘛。

傑瑞：我看電影也喜歡一個人看。

　　傑瑞說到忘我處，不知不覺地坐在躺椅上。

大牛：沒關係，躺下來慢慢說。

　　大牛手輕輕一搭，傑瑞便乖乖躺下去。

傑瑞：本人盡量不跟別人看電影。因為我老是被迫要回答愚蠢的問
　　　題。有一次我帶美眉去看電影，開演前我就跟她約法三章：
　　　看電影時可以牽手，也可以摸來摸去，但不可交談。她也遵
　　　守了一陣子，誰曉得正片開演了十幾分鐘後，那個天才美眉
　　　終於忍不住問我：「這預告片怎麼這麼長？」當下，我放在
　　　她咪咪上的手馬上縮回來，身體另一個部位，you know，也
　　　自動縮回去。

大牛：依我的診斷，你這個人不適合跟人用餐，不適合跟人看電
　　　影，而且很容易陽萎。（看錶）對不起，時間到了。

傑瑞：不能再多聊點嗎？

　　　傑瑞起身。

大牛：我是按時計費的。

　　　傑瑞和大牛握手。

傑瑞：不好意思，牛醫師，每次來總是倒一堆垃圾給你。

大牛：哪兒的話，這是應該的。把我這當垃圾場，把我當焚化爐。

　　　傑瑞他腰際的手機來電，傑瑞按一下，開始講話。

傑瑞：（講電話）怎麼樣？……你們可以先來這邊，然後再……好
　　　吧，隨便你們。（講完，按掉）

大牛：怎麼啦？

傑瑞：又有兩個不能來。

大牛：靠，那還剩多少人？

傑瑞：這將會是一場很冷清的跨年party。

大牛：傑瑞，我看你是罩不住了。

傑瑞：對，我要好好檢討。牛哥，等一下電腦用完不要關。我在等
　　　一封重要的mail。

　　　傑瑞走進廚房。

大牛：（自語）重要的mail？

　　　大牛看看廚房的方向，心生一念，走向電腦，查看傑瑞的電子
郵件。沒多久就找到了，先是很專注地看著，然後邊看邊笑。

大牛：我的天啊！（再看一遍，捧腹）救命啊！

　　　傑瑞走出廚房，手裡捧著一盤玉米片。

傑瑞：你在幹嘛？

　　　大牛只顧著笑，傑瑞趕緊把盤子放在茶几，衝到電腦那查看。

傑瑞：牛哥！你這樣很不道德欸！
大牛：（還在笑）我怎麼知道你的電腦不設防，不需要密碼就能進
　　　去。
傑瑞：廢話，當然有密碼。我一個人在家，電腦幹嘛上鎖？你看到

　　　　了什麼？

大牛：「我把一顆熱騰騰的心捧在雙手交給你，你卻把它放進冰箱
　　　　急速冷凍還給我！」

　　　大牛說完，滾在沙發上，肆無忌憚地狂笑。

大牛：「我把一顆熱騰騰的心──」

　　　大牛再次狂笑，兩腳在空中亂踢。

傑瑞：夠了！

　　　大牛被他一吼，嚇了一跳。

傑瑞：你沒有資格看我的信！

　　　一陣沉默，兩人對峙。

大牛：（站起，帶挑釁意味）怎樣？

　　　兩人怒目相視。

大牛：你要跟我翻臉嗎？

傑瑞似乎很想翻臉，但強忍住脾氣。

傑瑞：沒有。只是，牛哥，你不應該——
大牛：好，算我不對，好不好？倒杯酒來，我跟你謝罪。

頓。

傑瑞：時間到了嗎？
大牛：氛圍到了。
傑瑞：說得也是。

傑瑞走去倒酒，大牛跟在後頭。倒完酒後，把其中一杯交給大牛。

大牛：抱歉，Jerry，我這杯乾了。

大牛大口喝完。

傑瑞：沒事。

　　也是一口喝完。

　　接著是一陣尷尬的沉默。

大牛：你都是這樣把妹的嗎？

　　大牛說完忍不住「噗嗤」笑開，傑瑞先是略微變臉，繼而跟著笑了。

大牛：「我把一顆熱騰騰的心捧在雙手交給你」──
傑瑞：「你卻把它放進冰箱急速冷凍還給我！」

　　兩人笑到彎腰，重回先前的熱絡，但看起來有點空洞。

傑瑞：不是蓋的吧？
大牛：不是蓋的，是開的。如果我大牛寫這種mail給美眉，我告訴
　　　　你，保證寄不出去，因為連伺服器都會覺得噁爛到故障。
傑瑞：這就是代溝的問題。
大牛：我懂了，我的伺服器跟你的伺服器之間有代溝。
傑瑞：也可以這麼說。你平常都用電腦在幹嘛？
大牛：上色情網站。對我們這一代而言，這是電腦科技的一大德
　　　　政。
傑瑞：之一，只是德政之一。我也常上色情網站，不過，你隨便去

　　問個年輕人，他會告訴你，色情網站只是電腦的德政之一。
　　對我們來說，電腦好用的程度只能用「靠背」來形容。我問
　　你一個問題。

大牛：不要。一定又是電腦轉寄的心理測驗，答對了就**EQ**很高，答
　　　　錯了就是殺人犯。對不起，這種問題我拒絕回答。

傑瑞：不是那種問題。聽我說：你會不會看人獸交的色情網站？

大牛：當然不會。

傑瑞：你會不會看未成年的色情網站？

大牛：（略微遲疑）不會。

傑瑞：你的遲疑耐人尋味。

大牛：我為了據實以答，總要搜尋一下記憶吧。

傑瑞：其實會又怎樣？

大牛：難道說你會嗎？

傑瑞：（略微遲疑）當然不會。不要誤會，我的遲疑是為了戲劇效
　　　　果。這個問題沒有正確的答案。會又怎樣？不會又怎樣？我
　　　　們不看只是不覺得它好看，和道德一點關係都沒有。

大牛：怎麼會和道德無關？總該有個底限吧。

傑瑞：底限是人定的，你不能指望別人的底限跟你的一樣。

大牛：我可以這樣說嗎？我在你的斯文裡，看到了一股殺氣。

傑瑞：我承認。

　　傑瑞說這句話時，帶點感傷。這是他難得反省的片刻，但隨即

又擺出冷漠疏離的姿態。

傑瑞：剛才那句話當然是噁爛到斃。但是，我把它當作是演戲，半
　　　誠懇半開玩笑，迫切中帶有作態的成分，美眉不但不討厭，
　　　還會跟我一起演。這可不是我發明的遊戲，這年頭大家都很
　　　會演，人人都想當主角。所有的表白、自拍、部落格都是表
　　　演，甚至連自殺都有作假的嫌疑，雖然有人真的死了，我還
　　　是覺得表演的味道很強。

大牛：就是搞姿態，擺pose。

傑瑞：對，擺pose。

　　　傑瑞才講完，燈光隨即轉換，綜藝舞台秀的音樂揚起，一陣乾
冰製造的煙霧後，波羅牽著小恬出現在客廳入口處，擺出秀場來賓
的站姿。

波羅：有人提到我嗎？

小恬：有人在說我嗎？

　　　兩人說完，隨著音樂往前走，好像在走伸展台，「走秀」期
間，些許的塑膠花瓣從上繽紛落下。到定點後，波羅以手勢呈現小
恬。

小恬：Pose！

輪到小恬以手勢呈現波羅。

波羅：Pose！

兩人以勝利的姿態完成亮相後回返，走出視線。
音樂收，燈光恢復先前的狀態。

傑瑞：奇怪，我一提到pose，馬上想到波羅和小恬。
大牛：我也是。我看到了伸展台，還有音效。
傑瑞：唉！這年頭，雜念太多。
大牛：沒辦法專注。

兩人一時沉浸在某種情緒裡，擺著不動的姿態，彷彿在默哀專注的死亡。

傑瑞：（回神，注意到地上的花瓣）奇怪，我不是才掃過地嗎？

傑瑞走向廚房。

傑瑞：小恬恬最怕髒了。

　　傑瑞走出視線。

大牛：小恬恬？

　　傑瑞再度出現，拿著掃把和畚箕，走到客廳入口處掃地。

大牛：小恬恬？

傑瑞：嗯？

大牛：小恬恬？

傑瑞：喔。我告訴你一個祕密，你千萬不要說出去。

大牛：我遲早會說出去，不過為了聽八卦，我跟你發誓。

傑瑞：我也不怕你說出去，否則不會跟你說「千萬不要說出去」。
　　　（指著地上的花瓣）這就是我剛才說的，瑪麗亞掃地一定有
　　　問題。（從地上撿起一片花瓣）這是哪來的？

大牛：不要管那個，我要聽祕密。

傑瑞：那封嗯爛的信，是寫給小恬的。

大牛：我靠！她有回嗎？

傑瑞：有。

大牛：我靠！那波羅知不知道？

傑瑞：I don't care.

大牛：我靠！（頓）我靠，我一連說了三次我靠。

傑瑞：五次。

大牛：你知道我surprise的程度吧？

傑瑞：你不會覺得我這個人很賤吧？

大牛：不會。朋友妻，可以戲。

傑瑞：我今天就在等小恬恬的回覆。我在最近的一封mail裡面給她
　　　最後通牒。我不想再透過電腦跟她打嘴炮，要她今晚做個決
　　　定，只要她說yes，倒數計時完了以後，我要她留下來。

大牛：是直接留下來，還是先跟波羅走，然後晚一點再溜回來？

傑瑞：直接。

大牛：我——

傑瑞：不要再說「我靠」了。

　　　傑瑞把掃把和畚箕放在躺椅旁，走去電腦前。

大牛：我——哇勒！你這是在跨年玩危險遊戲嘛！

傑瑞：（看著螢幕）她還沒有回信。

大牛：記得鎖上密碼。

傑瑞：對喔。

　　　傑瑞在鍵盤打幾下後，走到躺椅那拿起掃把和畚箕，往廚房的
　　方向移動。

傑瑞：這不算危險，夠危險的話，我心跳會加速，可是我脈搏正
　　　常。事情很簡單——

　　　傑瑞走進廚房，不久後再度出現，仍然拿著掃地的工具。以下
的談話，傑瑞邊掃地，邊和大牛聊天。

傑瑞：很簡單：如果小恬不要我，這件事就告一段落，嘴炮到此為
　　　止。要是她回信說OK，今天晚上她是我的，我是她的。
大牛：為什麼一定要今晚？
傑瑞：還有什麼比跨年更好的時機嗎？
大牛：你知道吧，跨年只是形式，本身沒什麼意義。倒數計時沒結
　　　束什麼，也沒開始什麼。
傑瑞：我當然知道。所以要把它搞得好玩一點。

　　　大牛手機響起，拿出看看，把它關掉。

傑瑞：不接？
大牛：不接。像我這種到處躲債的人，每分每秒都好像在倒數計
　　　時。我的10是從在電視上公開退黨那一天開始數起的。第二
　　　天，我接到無數的慰問電話，每個人都說我很有guts，LP夠
　　　大。第三天電話開始遞減，9、8、7、6，最後我變成了狗不
　　　理包子，case接不到，電視也沒通告。我萬萬沒想到，就在

　　我用剪刀把黨證剪成兩半的時候，我把未來給剪掉了。

傑瑞：自從離開你的公司以後，我沒再碰過政治。但是你不一樣，
　　　政治是你的資產。

大牛：那是一次失敗的表演。當時天天有弊案，人人喊罷免，我一
　　　時衝動的姿態沒想到會被人當眞。我以爲策略性的義憤塡膺
　　　會兩邊都吃得開，沒想到落得兩邊不是人：一邊說我是叛
　　　徒，另一邊說我是牆頭草，幹你娘的！Jerry，我知道你一定
　　　有更好的party可以去，可是我需要朋友陪我熬過今天。我已
　　　經down到谷底了，有一種走不下去的預感。

傑瑞：沒那麼嚴重吧。

大牛：怎麼不嚴重？馬上就有一場殊死大戰，兩邊已經打得頭破血
　　　流了，我他媽的只有在邊線看戲的份。

傑瑞：我連看戲的興趣都沒有。

大牛：欸，Jerry，你這樣講就有點屁了。你也太刻意假裝不在乎了
　　　吧。

傑瑞：我眞的不在乎。而且，我不能在乎，我一在乎就會分心。

大牛：這一次不一樣。

傑瑞：每一次他們都說不一樣。台灣的存活就靠這一次，台灣的提
　　　昇就靠這一次，台灣與世界接軌就靠這一次。媽的哪一次不
　　　是「就靠這一次」？

大牛：這一次眞的不一樣。整個社會好像在倒數計時，只是沒有人
　　　知道數到零的時候會是什麼樣的狀況。萬一，萬一歸零的時

候一切都卡住了，走不下去了，怎麼辦？

傑瑞：牛哥，你不要越扯越放大。這幾年我體會了一個事實：個人的意志和整體的命運沒有絕對的關係。當我點的是牛排，而其他人還選擇吃鬍鬚張的魯肉飯時，這不是我能控制的，也不是我該擔心的。

大牛：你不分享，我記得了。

傑瑞：牛哥，我能不能斗膽，勸你一句？

大牛：請說。

傑瑞：政治是你的舞台，我沒有意見，只有尊重。職業不分貴賤，我的職業是電子，你的職業是政治。每一種職業都有它的倫理。當我跟客戶說，我提供的是奈米，給他們的卻是蓬萊米時，我就違反了職業倫理。在我看來，政治剛好相反。你要騙選票，唬嚨選民，告訴他們說「這一次不一樣」沒關係，可是千萬，千萬千萬，你不要自己也相信那些狗屁，否則你就真的毀了，真的走不下去了。

大牛：這就是我不得不佩服你的：你知道什麼是狗屁，什麼是重要的。像我就沒你的膽量，敢為一個女人和大學同學翻臉。

傑瑞：波羅不是我大學同學。

大牛：啊？可是你們看起來很麻吉。

傑瑞：麻吉還不容易？我跟波羅是很麻吉，但不是大學同學那種麻吉。我是有一次上網加入jarguar俱樂部認識他的。（看著地上，掃起髒東西）我們請菲傭的目的是什麼？是不是為了不

要自己掃地？

大牛：怎麼會有人叫做「波羅」呢？他很喜歡吃麵包嗎？

傑瑞：跟麵包完全沒關係。我跟你講，可是你不要講出去。我在廢
　　　　話什麼，你一定會講出去。波羅的爸媽超有錢但是超俗的，
　　　　全家穿的、用的、睡的、吃的、都是路邊攤隨便買的。波羅
　　　　到大學之前唯一知道的品牌是三槍牌，第一次看到子彈型內
　　　　褲還以為是特大號的保險套。有一天波羅在逛街的時候看到
　　　　Polo襯衫的櫥窗，他好像找到了福音，終於開了竅，從那時
　　　　開始，他皈依了Polo教，把自己打扮得像是Polo怪人，要到
　　　　很晚很晚他才覺醒，發覺Polo根本算不上是名牌。

大牛：看人真的很直覺。我才見過波羅兩次，就把他摸透了。他是
　　　　那種會嘲笑別人很台的台客。

傑瑞：你說他是台客，他會跟你翻臉。

大牛：很台又怎樣？我就很台。波羅這種人根本就是他媽的忘本！

傑瑞：牛哥，我們還真的有代溝。請問你，「本」在哪裡？你們這
　　　　一代都搞不清楚，為了什麼才是「本」吵來吵去，把台灣搞
　　　　得烏煙瘴氣的——

大牛：當然要吵，欸，這可是涉及國魂啊！

傑瑞：國魂？你是在講髒話嗎？

大牛：好，算我在講髒話，講到那兩個字我自己都起雞皮疙瘩。我
　　　　問你，如果不要「本」，我們要什麼？

傑瑞：我們要眼前可以要得到的。對我而言，就是把自己的人生規

　　　　劃好，對波羅來講更簡單。流行就是他的「本」，現在流行
　　　　什麼他就copy什麼。

大牛：這是個令人不寒而慄的聖火傳遞。從我這個本土LP派，傳到
　　　　你這個斯文掃地派，再怎麼傳也不應該傳到波羅這個Copy王
　　　　的手上啊。

　　聽到「斯文掃地」，傑瑞意識到手上還拿著工具。於是，走進
廚房。同時，波羅、小恬、張飛如幽靈般先後出現在舞台上。

大牛：欸，等一下不會只有我們四個人吧？

傑瑞：（場外）四個，或五個。

大牛：五個？還有誰？

傑瑞：（場外）我還不確定。

大牛：就五個。那能聊什麼？我跟那個Copy王能哈拉什麼？

　　傑瑞走出廚房。

傑瑞：聊周邊的。

大牛：好吧，周邊的我也可以聊。

傑瑞：我已經有畫面了。

　　傑瑞一講完，幾人同時動作。

　　大家就定位後，一起完成傑瑞想像的畫面：有的坐在沙發，有的坐在躺椅，有的站在吧台，有的在天窗附近。

　　燈光忽明忽滅，彷彿電線接觸不良：幾人做了輕微的移動，有如幻影。幾乎短路的燈光逐漸穩定了下來。

小恬：宜家的英文怎麼發音？

傑瑞：不是 "i-kee-ya" 嗎？

張飛：不是。應該是 "i-kee"。

小恬："i-kee"？

傑瑞："i-kee"？

波羅：（與傑瑞同時）"i-kee"？

大牛：你不會打電話到總公司問嗎？

傑瑞：總公司在瑞典。

波羅：啊？不是美國嗎？

大牛：我認為「宜家」的正確發音應該是（學外國人講中文）： "i-jia"。

傑瑞：我不管它怎麼唸，我只知道，他們賣的傢俱不管是多麼的宜室宜家，就是不宜我家。

　　講到這，傑瑞馬上回神。

大牛：Jerry？

這時，其他演員有如幽靈般地飄回來處，走出視線。

傑瑞：啊？

大牛：你又分心了。

傑瑞：喔。

大牛：我們先講好。等一下小恬恬來，你要我怎麼表現？

傑瑞：什麼意思？

大牛：你知道我喜歡吐她槽。

傑瑞：繼續吐。難得看到兩個人這麼有默契地互相賭爛。

大牛：其實我不是真的討厭小恬，我只是受不了，她腦袋怎麼能裝
　　　　得下那麼多沒有用的資訊。

傑瑞：這你就錯了。每次她很熱情地在提供一些無聊的資訊時，每
　　　　當她告訴我說「0800是免付費電話，0809是高額電話費，一
　　　　分鐘2425元」，或者說「信用卡集點到七萬點再加一萬塊就
　　　　可以換一個數位相機」的時候，我就覺得她特別性感。

大牛：我看你是愛錯人了吧？

傑瑞：怎麼說？

大牛：你應該愛上卡神。

傑瑞：欸，你怎麼知道卡神是小恬的偶像？

大牛：我不行了，在我還沒昏倒前，我需要躺下來。

傑瑞把他扶到貴妃椅。

傑瑞：沒關係，躺下來說話。

大牛：醫生，我最近——也就是一分鐘前——得到了一個重大的啓示。我終於了解爲什麼本土革命尚未成功，原來它最大的阻力不是在野黨，而是全球化。LP終究打不過LV。才沒幾百年，我們的民族英雄已經從鄭成功，換到廖添丁，最後換到卡神——欸，卡神叫什麼名字？

傑瑞：神就是神，不需要名字。

大牛：將來要是有信用卡忠烈祠，卡神一定是擺第一位。

短暫的沉默。

大牛：醫生。

傑瑞：什麼事，盡管說。

大牛：Jerry，（坐起）我今天提早來，是想跟你——

傑瑞：糟糕，我得去洗澡換衣服。

傑瑞往左邊的通道走去。

大牛：Jerry！

傑瑞：我來不及了。

　　傑瑞走出視線，留下落寞的大牛。

大牛：（低聲）Shit！

　　沉默。

大牛：（低聲）恁娘的！

　　大牛講第二次時，傑瑞已出現在樓台。傑瑞出聲，把大牛嚇到了。

傑瑞：牛哥。
大牛：嗯？
傑瑞：牛哥，你的事我們找機會談。

　　大牛走到樓台底下。

大牛：沒問題。
傑瑞：有件事要先拜託你。
大牛：一句話。你說。
傑瑞：要是小恬的答案是yes，希望你能倒數計時完後，哦，找機會

......

大牛：你要我滾蛋？

　　　傑瑞有點尷尬。

大牛：沒問題，我等你暗號。

傑瑞：謝了。

大牛：什麼暗號？

傑瑞：（台語加日語）「喝畢魯」。

大牛：「喝畢魯」？

傑瑞：不行，這是我跟波羅的暗號，我們換一個，哦……

大牛：你跟波羅有暗號？

傑瑞：也沒什麼。我和波羅跟一堆人在一起的時候，如果不好玩，只要其中一個舉杯說「喝畢魯啦」，另一個會接著說（台語）「救台灣啊」，這就表示我們十分鐘內會先後閃人，然後再一起去別的地方happy。這本來是我們之間的祕密，有一次用在小恬身上，事後被她知道了，她差點翻臉。

大牛：你們有沒有在我面前用過？

傑瑞：當然沒有，我們不會用在自己人身上。

　　　沉默。傑瑞思索著，不知該不該多解釋。

大牛：趕快去洗澡吧。我們這樣講話，別人還以為我們在演《羅密歐與茱麗葉》。

傑瑞：可惜，莎士比亞的台詞我沒有一句會背的。

大牛：沒有文化的一代。

傑瑞：但是我們斯文。

大牛：沒有文化的斯文的一代。

傑瑞：那你來一句。

大牛：「分離是何其甜美的憂傷啊！」

傑瑞：（一樣戲劇性）「我去洗乾淨，馬上回來。」

　　　傑瑞消失沒多久又突然出現。

傑瑞：我知道了。王建民。

大牛：什麼？

傑瑞：王建民是我們的暗號。

　　　傑瑞再度走進套房。大牛走到天窗往外看，神情鬱悶。

　　　門鈴聲。大牛橫越舞台，走往玄關處開門。

波羅：（場外）牛哥！

小恬：（場外）怎麼是你？

大牛：（場外）怎麼不是我？

波羅：（場外）主人呢？

大牛：（場外）怎麼這麼晚？

小恬：（場外）我們是從另一ㄊㄨㄚ趕來的，哪像你沒地方去。

　　小恬先上場，因第一次造訪，一走進客廳就準備誇大地讚賞一番，邊走邊轉圈，彷彿事先演練過了。

小恬：哇！

　　接著進來的是波羅，反應沒那麼誇張，但也戲劇性十足。

波羅：哇！

　　大牛最後進入。

大牛：你們是哇哇兵團嗎？

小恬：人家我第一次來咩，怎麼能不哇？

大牛：（學她的口氣）喔，妳第一次來呦？那妳有資格哇。

小恬：哇！好寬敞喔！

波羅：哇！樓中樓耶！

大牛：請問你也是第一次來嗎？

波羅：不是。

大牛：那你在哇什麼哇？

波羅：我在配合她。

大牛：又不是做愛，不用強調同步。

小恬：低級！

　　波羅把紅酒放在吧台上。

　　小恬把皮包放在沙發上，習慣性地拿出手機，查看訊息。

波羅：我帶妳去參觀其他房間。

小恬：走！我最喜歡看房子了。

　　兩人往通道走，卻被大牛擋在前頭。

大牛：不要動！

波羅：幹嘛？

大牛：這是Jerry的香閨，應該由他來帶小恬參觀才對。

波羅：好吧。

小恬：那Jerry人呢？

大牛：他知道妳要來，趕緊去洗乾淨。

波羅：什麼話啊！

　　大牛倒杯酒給波羅。

波羅：不要，謝謝。

　　　小恬注意到天窗前。

小恬：哇！這是落地窗還是天窗？

大牛：兩者之間。

小恬：為什麼沒有view？

波羅：Jerry老姊買下這個閣樓的時候，旁邊的大樓還沒蓋起來。

　　　波羅走到小恬旁邊，兩人開始面對著天窗擺姿勢，調整衣服。

小恬：我以為這是Jerry的房子。

大牛：現在他的。他老姊生意失敗欠他錢，用這個來抵。

小恬：好可惜喔。

大牛：妳是說他老姊？

小恬：他老姊關我屁事啊？我說好可惜喔，買頂樓不就是為了一個
　　　「我可以飛」的view嗎？

大牛：我很想問，但是不敢問。請問什麼叫做「我可以飛」的
　　　view？

小恬：（唱）"I believe I can fly."

波羅很有默契地接著唱。

波羅：（唱）"I believe I can touch the sky."
大牛：媽的，我一定是死了，下了地獄。
小恬：太可惜了。現在的view完全被擋住。你必須從這個角度斜眼
　　　看過去，才能看到十分之一的夜景，這跟住地下室沒有差別
　　　嘛。
波羅：把它當作鏡子還蠻好用的。

兩人彷彿模特兒似地在天窗前欣賞自己。

大牛：你們需要鎂光燈嗎？

兩人很有默契地同時轉身，擺了個姿勢。

波羅：不用。
小恬：我們就是發光體。（看到茶几上的點心）哇，點心耶！（走
　　　向沙發處）義大利香腸！耶！我最喜歡salami了。給我一杯
　　　酒，波羅。

小恬拿一片放進嘴裡。

小恬：你們知道嗎？香腸都是用亞硝酸來防腐的，但是用量不能超
　　　　過70個PBA。香腸一定要外面買，不能家裡做。媽媽做的通
　　　　常會加太多亞硝酸，吃下去是會致癌的。

大牛：妳放心吃。現在的媽媽沒有一個會自己做香腸。

　　　　這期間，波羅走去拿那杯剛才他不要的酒，交給小恬。

大牛：小恬，至少有一點我是欣賞妳的。

小恬：我不要聽。

　　　　大牛拿著酒杯走向小恬。

大牛：真的，我敬妳一杯。

　　　　大牛向她舉杯，小恬慢慢舉杯，狐疑地。

小恬：其中必有詐。

大牛：沒有詐。

　　　　兩杯互碰，鏘的一聲。

大牛：至少妳喝酒很乾脆，不像那個波羅襯衫。

大牛說完往波羅看，波羅先是愣住，隨即意會到怎麼回事。

波羅：（低語）幹，Jerry那個大嘴巴。

小恬：什麼事啊？

波羅：沒事。

小恬：波羅有時候很掃興。

波羅：欸，這跟體質有關好不好。我一喝酒就過敏，怎麼能怪我
　　　呢？而且，總要有人開車吧？

大牛：小恬今天不跟你回家。

波羅：喔，是嗎？難道是跟你回家？

小恬：現在就把我殺了吧。

大牛：把我家燒了吧。

波羅：不開玩笑了，我覺得你們需要再乾杯一次。

大牛：幹嘛？

波羅：你們是同行，都是freelancer，應該相親相愛。

小恬：誰跟他同行？我是自願做freelancer的，牛哥是被迫的。

大牛：這個我承認。Freelancer其實是失業的代名詞。

小恬：很抱歉，我這個freelancer比上班族還忙。

波羅：不管怎樣，今天是跨年夜，你們應該趁這個時候休兵熄火，
　　　把酒言歡，美國人的說法就是：埋下斧頭，不計前嫌。

小恬：可以。不過，請你先幫我把背後的斧頭拔掉，至少有三把。

大牛：我也是，我屁屁這裡也有，南北半球各一把。

波羅：你們兩個沒救了。

小恬：至少我們之間有個共識。

大牛：那就是「吐槽到海枯石爛」。乾一杯！

　　　　兩人熱情碰杯。

波羅：看到你們如此真誠鄙視對方，我感動得快哭了。

小恬：牛哥，我忘了告訴你一件好消息。

大牛：什麼好消息？妳要移民了嗎？

小恬：哈哈哈，可惜不是。Jerry沒告訴你啊？

大牛：告訴我什麼？

小恬：張飛等一下就來。

　　　　大牛完全愣住了。

大牛：啊？

小恬：真的，張飛馬上就到。

大牛：誰要她來的？

小恬：我。不信你問波羅。昨天Jerry打電話來邀我們一起跨年時，
　　　　我只提出一個條件，那就是張飛來，我才來。因為我知道只
　　　　有張飛才治得了你。

大牛：Jerry這傢伙，怎麼——

大牛往通道處疾行。

大牛：（自語）這玩笑開大了。（回頭對著小恬）你們完全不知道
　　　我跟她的事就這樣惡搞……塞你娘的。

大牛走離視線。

小恬：我最喜歡聽牛哥講「塞你娘」，這表示他慌了。
波羅：欸，等一下找個理由早點走，等我暗號。
小恬：什麼暗號？又是「喝畢魯，救台灣」？
波羅：不行，當然要換一個。我們換……嗯……我們換「全球暖
　　　化」。當我說「全球暖化」，你馬上接「請勿排氣」。
小恬：什麼嘛，這麼冷的句子請問你是怎麼想出來的？
波羅：用屁股想的。
小恬：怎麼才來就想走？
波羅：我還沒來就想走。

　　　波羅聽到腳步聲，機警地停住，往樓台的方向看，正好大牛走
過。恰巧大牛也看著他們，有點尷尬。
　　　大牛敲著套房的門。

大牛：Jerry！Jerry！

> Jerry沒有回話，大牛索性開門進去。
> 不久，聽到Jerry慘叫一聲。

波羅：我沒看過這種氣氛像墳場的跨年party。都幾點了，還是小貓
　　　　兩三隻。而且，有了大牛，再加上張飛，你不覺得這個party
　　　　的平均年齡急速增加嗎？

小恬：既然來了就先看情況再說吧。

波羅：以前你不是對party上有誰最挑的嗎？

小恬：你不要管我在想什麼，反正我今天想來這裡，就是這樣。

> 　　小恬不理他，很堅決地坐下，波羅覺得她的動作既任性又挑
> 釁，站在原地盯著她看。兩人一時僵持在那。
> 　　燈光轉換，小恬和波羅變成剪影。樓台的區域燈亮，傑瑞和大
> 牛先後走出套房，前者已換裝完成，全身名牌。兩人談話期間，小
> 恬和波羅或有動作，比如小恬拿出手機或波羅走到吧台倒酒。兩人
> 的動作以極慢的速度完成，且動作不是一氣呵成，而是時斷時續，
> 彷彿機械故障。

大牛：怎麼這麼臭啊？

傑瑞：馬桶不通。Shit，一定是Mary亂塞東西。這時候又不知道要
　　　去哪找人來修。

大牛：你怎麼沒告訴我張飛要來？

傑瑞：因為——因為張飛要我不要告訴你。

大牛：張飛知道我要來，她還願意來？

傑瑞：是的。

大牛：有意思。事情搞不好沒我想像得嚴重。

傑瑞：比你想像得更嚴重。她還在生氣，在電話上用盡所有的三字
　　　經罵你，說你是下三濫、殺千刀、豬八戒、死烏龜——

大牛：好了，我知道了，你不需要這麼入戲。

傑瑞：牛哥，你曾經教我，不要跟以前的女朋友藕斷絲連，要斷就
　　　要斷得乾淨。可是我不知道你跟張飛在幹嘛。

大牛：原則上我做得到，但是不曉得為什麼碰到張飛，我就是沒辦
　　　法。

傑瑞：你忘不了她，又不能對她忠誠。

大牛：這不是所有男人對女人的感覺嗎？

傑瑞：也對。可是你們兩個這樣，我夾在中間很難做人啊。

大牛：張飛她到底想幹嘛？

傑瑞：先下去吧。不曉得這期間，他們倆在底下幹嘛？

　　　傑瑞和大牛探頭看看客廳。此時燈光變化，客廳明亮了起來，
只見小恬和波羅回復到「演員」的身段，講話的神態與他們飾演的

人物大相逕庭。

小恬：這齣戲還走得下去嗎？

波羅：我也在懷疑。

小恬：從我們兩個上場，對白就開始言不及義。

波羅：變得沒有重量，輕飄飄的。

小恬：編劇嚴重歧視我們年輕人。

波羅：對嘛，我們哪有那麼膚淺。

小恬：對嘛。

    燈光轉換到樓台區。小恬和波羅坐回沙發。

傑瑞：靠夭！

大牛：快！再不下去，演員更疏離了。你先下去。

傑瑞：為什麼不是你先下去？

大牛：我要上廁所。我他媽從上場到現在還沒休息到。

    兩人匆匆走出視線。

    燈光轉回客廳。

    傑瑞快步走出通道。

傑瑞：嘿，你們來了啊。

　　出乎傑瑞意料的是，小恬和波羅居然尚未恢復回人物的身分。

小恬：你是在演電視劇嗎？「嘿，你們來了啊」，這是什麼開場白？
　　　你平常看到家裡有客人，會說「嘿，你們來了啊」，是嗎？
波羅：你平常回到家，第一句話就是：「媽，我回來了」，是嗎？
傑瑞：對不起，重來一次。

　　傑瑞不情願地走向通道，兩人重新坐好。

傑瑞：（喃喃低語）我靠，造反了。

　　傑瑞消失後不久，再度出現：這一次他幾乎是跳進來的，站定
後擺了個亮相的姿勢。

傑瑞：Da La！
波羅：你在唱京劇嗎？
小恬：你在亮什麼相？
波羅：剛才有人用殺雞的聲音講台詞嗎？
傑瑞：你們到底要我怎樣嘛？
小恬：再來一次，不但要生活化，而且要符合人物性格，還要表現
　　　出年輕人的無厘頭。

傑瑞：只是個寒暄台詞，你們要我表現出那麼多的層次？

波羅：最後一次機會。

　　　傑瑞喪氣地走向通道，兩人重新坐好。不久，傑瑞出現。

傑瑞：（有意嚇嚇他們）捉姦在床！

　　　這回一切都對了，小恬和波羅重回劇中人身分：波羅聽到這句話，即興地作勢壓在小恬身上，然後故做驚訝狀，快速抽身。

波羅：喔，對不起。

小恬：對不起，忘了是你家。

傑瑞：請問你們這一對狗男女爽夠了嗎？

波羅：夠了。

小恬：沒有。

傑瑞：欸，這是人類最大的困境：永遠是男的夠了，女的沒有。

小恬：牛哥呢？

傑瑞：他需要休息，不是，他在上廁所。

小恬：他有種就不要出來。

傑瑞：欸，我不知道等一下張飛會怎麼對付大牛，萬一場面太難
　　　看，大家拜託要幫忙打圓場。

小恬：不要指望我。

波羅：Jerry，我有一個疑問：你答應我的party在哪裡？

傑瑞：在這裡。

波羅：人呢？

傑瑞：不能怪我。大家聽到牛哥要來，都找藉口不來了。

小恬：為什麼？

傑瑞：牛哥常常利用我的關係向他們借錢。（問波羅）他有沒有跟你借過？

波羅：一次。我跟他說連我自己都在跟地下錢莊借錢。

傑瑞：這樣最好，一勞永逸。

小恬：他怎麼會相信你需要借錢？

波羅：我管他相不相信。

傑瑞：你們就委屈一下吧。牛哥昨天打電話給我說他很down，要我找些人陪他過年，你說我能說不嗎？

波羅：需要到連累朋友嗎？他有恩於你，把你介紹給Michael，這些我們都知道。

傑瑞：嚴格來說，不能算是有恩於我。當初真正幫我引路的是張飛，牛哥只是在一旁點燈，事成之後引路的沒討人情，倒是點燈的一直來要路費。幫個忙，這是最後一次。今天過後，我會跟他把話講清楚。

小恬：你會怎樣？

傑瑞：我會暗示他「到此為止」。

小恬：怎麼暗示？

傑瑞：我自然有辦法。

波羅：現在怎麼辦，大家困在這裡？

傑瑞：苦中作樂啊，不然怎麼辦？倒數計時完party才真正開始，你
　　　怕什麼？

小恬：他跟張飛到底是什麼事？

傑瑞：唉，一筆爛帳。牛哥本來答應張飛，跟老婆離婚後一定娶
　　　她，沒想到真的離婚後，牛哥又尬上了別人。

小恬：爛人一個！

傑瑞：現在他們名義上是分手了，可是牛哥偶爾還是會去找張飛，
　　　張飛也偶爾會跟他出去。上個禮拜，牛哥要去參加一個重要
　　　的餐會，覺得現在的女朋友是個小白癡，帶不出場，所以拜
　　　託張飛陪他去。張飛勉為其難答應了，沒想到牛哥當場尬上
　　　了一個女的，餐會才一半就跟她跑了，把張飛一個人留在那
　　　邊。

小恬：爛人兩個！

波羅：怎麼會有女人看上他這個台客？

傑瑞：台客現在很in你不知道嗎？

小恬：伍佰就很有魅力。

波羅：先講好喔，Jerry，看在你面上，我現在留下來。不過我只要
　　　覺得受不了了，我和小恬要先走。

小恬：要走你先走，我要留下來看戲。

　　波羅不解地看著小恬，傑瑞樂在心裡。

傑瑞：小恬，波羅有沒有帶妳參觀？

　　波羅不高興地走到吧台倒杯紅酒。

小恬：只有樓下。剛才你在洗澡，不敢打擾咩。

傑瑞：波羅，你在幹嘛？你不是喝酒會過敏嗎？

波羅：既然走不了，我決定喝酒，全身腫大成一粒西瓜也無所謂。

　　門鈴響。傑瑞走去開門。留下波羅和小恬。波羅瞪著小恬，後者走向躺椅邊，看著電腦。

小恬：我後面是有長眼睛的，你不必這麼惡毒地瞪我。

　　從玄關傳來人聲。

傑瑞：（場外）怎麼啦？

張飛：（場外）沒事。

山豬：（場外）沒事，沒事。

　　傑瑞出現，後面跟著張飛和山豬。

傑瑞：可是，（意指山豬）怎麼你——

山豬：沒事，我只是剛好在巡邏，順便護送這位小姐上來。

傑瑞：謝謝你，警衛先生。

山豬：叫我山豬。

傑瑞：謝謝你，山豬先生。

山豬：你是傑瑞吧？

傑瑞：Jerry。

山豬：每天就看你帥氣地出門，帥氣地進門，一直沒機會講過話。

傑瑞：山豬先生——

山豬：山豬就好了。

傑瑞：哦，山——豬，停車場那個「修理水電」的廣告是不是你貼的？

山豬：沒錯，有什麼可以讓我賺外快的嗎？

傑瑞：我樓上套房的馬桶不通，能不能請你幫忙看一下？

山豬：頂樓的馬桶不通，這倒是少有的事。照理說，它應該是最通的，一瀉千里通到底，你懂我的意思吧？你該不會是塞了不該塞的東西吧，啊？

傑瑞：可能是菲傭不懂，打掃的時候——

山豬：你是說Maria嗎？她不是菲傭，她是越南人。

傑瑞：你還比我清楚。

山豬：我常跟她聊天。我幫你去看看，如果不能修我不會告訴你能

　　修，如果有救，待會兒我下了班再過來試試。

傑瑞：謝謝。這邊。

　　傑瑞領著山豬往通道走，剛好大牛出現。大牛看到山豬愣了一下，山豬也是同樣的反應，但兩人隨即裝作沒事，錯身而過。

　　大牛看到張飛在場，又愣住了。

張飛：站好！

　　大牛不敢動，張飛走到舞台左前方。

張飛：過來！

　　大牛乖乖照做。

張飛：（對著小恬和波羅）我有話跟這頭牛說，你們聽到了也要當作沒聽到，開始假裝熱烈交談。

　　兩人一時聽不懂她的意思。

張飛：快啊！

兩人會意過來。

兩人：嘰哩咕嚕，嘰哩咕嚕⋯⋯
張飛：太大聲了。
兩人：（低聲，如背景音效）嘰哩咕嚕，嘰哩咕嚕⋯⋯

兩人持續了十幾秒後便停下，專注地看著眼前的發展，彷彿看戲。

這期間傑瑞帶山豬上樓台，進套房，然後獨自走出套房，在張飛把話講完前，已經回到底層，站在天窗旁看戲。

張飛：（對著大牛）狗改不了吃屎，牛改不了吃草。
大牛：對不起。
張飛：你是否有過一種感覺：曾經跟一個人愛得死去活來，事後想到他就想吐？
大牛：有。
張飛：那個人是我嗎？
大牛：不是。
張飛：我有那個感覺，那個人就是你。

短暫的沉默。

張飛：給我抱一下。

大牛：啊？

張飛：過來，給我抱一下。

　　　大牛怯怯地走向張飛。張飛輕輕抱著他後收手，退後一步。

張飛：這一抱，代表「再見」。我們之間到此為止，將來你不要跟我
　　　聯絡，我也不會跟你聯絡，要是不幸同時出現在一個場合也
　　　沒關係，讓我們回到打屁的模式。玩笑可以開，但僅止於開
　　　玩笑。以上我講的都聽懂了嗎？

大牛：你說打屁的部分是真的嗎？

張飛：我說話算話。

大牛：懂了。

張飛：懂了就解散。

　　　張飛說完走向傑瑞，大牛如釋重負，身體一時委頓下來。

張飛：店小二，這不是跨年晚會嗎？酒呢？

　　　傑瑞像店小二般，以奴才的姿態小跑到吧台倒酒。

大牛：上酒啊！酒家女要開喝了。

張飛：（回頭瞪大牛一眼，嚇嚇他）你換檔得很快嘛。

大牛：我這是自動排檔。

波羅：這你就錯了，牛哥，其實手排的換檔才快。一秒之內可以從
　　　60飆到——

傑瑞遞給張飛一杯酒。小恬走向張飛，同時伸出一隻手。

張飛：幹嘛？

小恬：退錢。

張飛：退什麼錢？

小恬：剛才那齣戲雷聲大、雨點小。

張飛：誰在演戲給妳看？（在茶几上找食物）Jerry，我要你準備的
　　　Godiva（把它唸成"go-di-va"）巧克力呢？喔，在這邊。老
　　　娘我今天心情很不好。

小恬：是"go-di-va"，還是"go-dai-va"？

張飛拿起一塊巧克力，放在嘴裡。

張飛：（極度滿足）啊！我又可以活下去了。

大牛：（對著傑瑞）那個荷蘭女人果然沒錯。

張飛：什麼荷蘭人？

傑瑞：有一個荷蘭人說我們台灣人愛食物甚過一切。

張飛：有見地。

波羅：荷蘭千萬不要去。那邊的女人高頭大馬，壯得像牛一樣。

張飛：（對著大牛）原來你的故鄉在荷蘭。欸，我的法國麵包呢？

傑瑞：糟糕，我忘了。

小恬：張姊，其實你知道嗎，法國麵包其實不是法國麵包。一般人
　　　　都以為法國麵包是拿破崙攻打俄羅斯的時候——

張飛：想聽法國麵包史的舉手。

　　　只有傑瑞舉手。

張飛：小恬，妳要就關室密談講給他聽，不然——

傑瑞：法國麵包其實怎樣？

小恬：法國麵包其實是奧國麵包。

張飛：好，真相大白，不用再說了。Jerry，下次一定要記得幫我準
　　　　備看起來像法國麵包的奧國麵包。（舉杯）聽我說——

　　　傑瑞、波羅及小恬的手機同時響起。三人聞聲接電話。

三人：喂？Hello？什麼事？

張飛：（對著大牛）他們的手機都響了，你的沒有，這代表什麼？

大牛：什麼？

張飛：你沒搞頭。

大牛：你也沒搞頭。

張飛：我沒帶手機，正在家裡響個不停。

　　張飛邊講邊走到茶几，把一盤的點心全部倒在另一盤，拿起盤子，走到正在講電話的傑瑞面前。

傑瑞：艾莉絲，我現在命令你，馬上回家！

波羅：（幾乎同時）晚一點再說，等我電話。

小恬：（稍晚一點）你跟爸爸先睡，我今天不回去了。

　　張飛以手示意，要傑瑞把電話放在盤子裡面，傑瑞不懂。

傑瑞：幹嘛？

張飛：關機，把電話交出來。你們其他人也是。

　　一夥人齊聲抱怨。

張飛：我不管。要一起跨年就要展現忠誠度。

　　四人不情願地把手機放在盤子裡。

張飛：我堅持，快點繳械！我突然覺得很像西部片的警長。

張飛把盤子放回茶几，拿起酒杯。

張飛：（舉杯）大家聽好，今天我們在一起倒數計時，意義——不
　　　大，但我們要想辦法盡興。10、9、8、7之後，開始了什
　　　麼，又結束了什麼，我們不需要追究。一個晚上只是一個晚
　　　上，一段感情只是一段感情。明天我們還是繼續賺我們的
　　　錢，繼續不管別人的死活。（突然注意到裡面的傢俱）欸，
　　　Jerry，你的傢俱是三重買的嗎？。

傑瑞：宜家買的，除了那張躺椅，都是IKEA（他唸成"i-kee-ya"）
　　　買的。

張飛：我好像跑進了宜家的分店。這跟你的豪宅不太配吧？

小恬：我也覺得。只有那張貴妃躺椅還可以。

傑瑞：鄭重聲明：只有躺椅是我自己挑的，其他都不是我買的。

波羅：哇，你們兩個的品味一樣耶。

這時，山豬走出套房，坐在樓台的椅子上看著他們。

傑瑞：不是我的錯。這基本上是我老姊的家，我才剛買下來，還沒
　　　有時間換傢俱。

小恬：宜家的英文怎麼發音？

大牛：我英文很爛，不要問我。

張飛：全世界都知道你英文很爛，沒有人在問你。

小恬：是不是唸成 "i-kee-ya" ？

傑瑞：我也是唸成 "i-kee-ya"。

波羅：哇，你們兩個很麻吉喔。

傑瑞：有人吃醋了嗎？

小恬：到底應該怎麼唸嘛？

張飛：依照我對音標的認識——

大牛：她人脈很廣，認識很多音標。

張飛：你閉嘴。你們要不要聽？

小恬、傑瑞、波羅：聽！

張飛：宜家是I-K-E-A，按照音標的常理，不應該唸成 "i-kee-
　　　ya"，"i-kee-ya"把EA分開了，而且I-K-E-A裡面沒有Y，
　　　哪來的 "ya"，對不對？

大牛：對ㄚ。

張飛：（不理大牛的搗蛋）所以正常的唸法應該是 "i-kee"。

小恬："i-kee" ？

傑瑞："i-kee" ？

波羅：（與傑瑞同時）"i-kee" ？

張飛：很難聽對不對？如果有人跟你說「走，我們去 "i-kee" 買傢
　　　俱」，你們會跟他去嗎？不會，因為 "i-kee"、"i-kee"，稍
　　　微懂台語的人，都會覺得聽起來像是在賣棺材。好，既然它
　　　不可能唸成 "i-kee"，它到底怎麼唸呢？

大牛：是誰問這個無聊問題的？

小恬：人家我生性好學嘛。

大牛：不要跑到跨年party來好學，自己不會在家查清楚嗎？

小恬：我就是上網查過了的說。

大牛：可以打電話到他們公司去問啊。

小恬：我打過了四次，得到四種發音。

張飛：可以打到總公司去問啊。

傑瑞：總公司在瑞典。

波羅：啊？不是美國啊？

大牛：不必打電話了，瑞典人的英文也好不到哪去。我認為「宜家」
　　　的正確發音應該是（學外國人講中文）：　"i-jia"。

傑瑞：各位，我今天請大家來是要飲酒作樂，一起倒數計時的，而
　　　不是要討論 "i-jia" 的英文怎麼個唸法。我不管它怎麼唸，
　　　我只知道，他們賣的傢俱不管是多麼的宜室宜家，就是不宜
　　　我家。

　　　一直在樓台不出聲的山豬終於開口了。

山豬：聽我的準沒錯，正確的發音是 "ai-kee-ya"。

　　　其他人被這突如其來的插話嚇了一跳，不約而同地往樓台的方
向轉頭。

　　眾人擠眉弄眼、比手勢，意指：這個警衛憑什麼插嘴，只有張飛走向樓台下方，仰頭和山豬對話。

張飛：不好意思，剛才沒機會說謝謝。
山豬：不用客氣。

　　兩人尷尬地站在那。

傑瑞：（低語）樓台會。

　　山豬準備下樓。

張飛：你先不要下來，我上去找你。

　　張飛消失在通道裡。除了大牛站在原地外，其他人走到中間，像圍觀的群眾，毫不掩飾好奇地看著他們的動靜。

山豬：（對著他們）嗨！
三人：（零星地、無力地）嗨！
山豬：（沒話找話，指著天窗）View很不錯。

　　三人只會傻笑。張飛出現。

張飛：嗯，馬桶怎樣？可以修嗎？

　　　山豬才要回答，就被張飛拉著走進套房。

張飛：我對馬桶很有研究，我幫你進去看看。

　　　山豬被張飛拉進套房。

大牛：Jerry，他怎麼……？

傑瑞：山豬先生。

大牛：他是你們這棟大樓的——？

傑瑞：警衛。

大牛：我前幾次來怎麼沒看到他？

傑瑞：他最近才來上班。怎麼啦？

大牛：……我認識他。有一點尷尬，在這裡碰到他，我一時不知道
　　　該不該跟他打招呼。

小恬：爲什麼？

大牛：他是我老哥的拜把兄弟，後來兩人爲了打牌的恩怨翻臉。

波羅：唉，全球暖化。

　　　幾人不懂波羅在講什麼，直瞅著他。

小恬：全球暖化，人人有責。不要理他。

大牛：他以前是我的英雄，我小時候都是這樣看他的。

小恬：那是因為你小時候太矮了吧。

大牛：不要小看他。他是外文系的高材生，曾經開了一家進出口貿易公司，生意倒了以後開過計程車，也在電視台主持過節目，最後聽說他跑到大陸去混了，沒想到——

小恬：什麼節目？

大牛：「球棒之夜」。

小恬：沒聽過。

大牛：那個節目沒播幾集就掛了。這傢伙脾氣太暴躁，有一次錄影的時候，他要求三機作業，製作單位的預算只能有一機，不爽之下，他用球棒把攝影機砸壞，最後連一機也沒了。

　　之前，波羅已經走到電腦那。

波羅：Jerry，你這是鎖住了嗎？家裡的電腦幹嘛設密碼？

　　傑瑞不自覺地看著小恬，有點為難。

小恬：幫他解除，免得他一無聊又有環保意識。

　　傑瑞走過去，在電腦上敲幾個鍵後走開。波羅開始打電腦。

大牛：你們知道我的尷尬了吧，誰曉得他現在淪落到做警衛？
傑瑞：是有點尷尬。等一下怎麼辦？他馬上就下來。
大牛：如果他不在乎，我當然無所謂。
傑瑞：對，這要看他。
小恬：我比較好奇的是：有人知道張姊跟他在上面幹嘛嗎？

　　經她提醒，傑瑞和大牛不約而同地往樓台的方向看。

小恬：我不曉得她對馬桶這麼有興趣。
波羅：Jerry，你有mail。

　　波羅這麼一說，三個人注意力突然集中到電腦的方向。
　　燈光轉換，樓台區域燈亮。客廳裡的三人在黑暗中，成了剪影，所有的動作都以極慢的速度完成。
　　張飛和山豬走出套房。

張飛：實在是薰死人了。
山豬：張小姐──
張飛：叫我張飛。
山豬：張飛？我希望這只是個綽號。

張飛：是綽號。

山豬：還好，不然我可以想像你剛生出來的長相。

張飛：我也希望「山豬」也是綽號。

山豬：我一生出來就長這副德行。

張飛：我想向你解釋，剛才——

山豬：妳不用向我解釋什麼。人都有低潮的時候，我也正處於低
　　　潮。我現在窩的地方是這棟大樓的地下室，已經低到不能再
　　　低了。可是，日子過得再怎麼背，我從來就沒想到——

張飛：這就是我要跟你解釋的地方。我不是故意要——

山豬：自殺就是自殺，跳樓就是跳樓，還分什麼故意和不故意的？
　　　有人是不故意而自殺成功的嗎？

張飛：你講話很悍喔！

山豬：唉，我山豬這輩子就敗在這張嘴。

張飛：我好像也是。

山豬：（指著張飛的腳）那裡有點流血。

張飛：剛才被你抱下來磨到的。

山豬：（指著她上衣第一個鈕扣）這邊扣子鬆了。

張飛：喔，這是故意的，我要搞跨年小性感。

山豬：佩服，佩服。跳樓不忘性感。

張飛：這就是我要跟你澄清的。我不是計劃跑到屋頂去跳樓的。我
　　　只是坐電梯的時候想到一些事，傷心地哭了。等我走出電梯
　　　時，已經忘了要去哪裡，看到樓梯就一直走，看到鐵門就開

——

山豬：看到矮牆就爬？

張飛：我沒有眞的要跳。我當時一定是恍神了，完全沒有意識。我根本不記得我爬上了矮牆。

山豬：總不會是飄上去的吧？

張飛：難道你不會好奇，跳下去會怎樣嗎？

山豬：妳吃過肉丸吧？

張飛：當然。

山豬：跳下去就會變成肉丸，還有什麼好好奇的？好了，只要妳確定自己沒事就沒事。我看妳剛才在講 "ai-key-ya" 的時候，看起來還蠻high的，希望那不是演戲的。

張飛：不是。我能high能low。

山豬：就是不要太low。

張飛：我知道。謝謝你剛才沒講出來。

山豬：不客氣……我得回去交班了。

山豬與張飛走出視線。

客廳區域燈亮：傑瑞坐在電腦前，大牛和波羅在吧台邊喝酒，小恬則在天窗前顧影自憐。

波羅：刺激不一樣。在台灣飆車的樂趣，在於看你怎麼超車、閃車、尬別人的車，咻咻咻，忽左忽右，煞車、換檔、加速。

美國的高速公路就不一樣了。直直的，一路看到底，感覺盡
頭的那邊是這樣垂直下去的，好像懸崖一樣，好像你加速飆
到底，就會可以唰，這樣飛出去。

大牛：然後唰，一頭栽到懸崖下。

張飛走進客廳。

張飛：（對著小恬）這個天窗是讓妳看view的，不是讓妳欣賞自
己。

小恬：請問view在哪裡？

張飛面對著天窗。

張飛：說得也是。

兩人看著外面。

張飛：這個天窗的象徵意義未免也太明顯了吧。

小恬：什麼啊？

張飛：我看到了我的未來。

山豬走進客廳。

小恬：什麼？

張飛：我的未來是一面牆。

小恬：不要去想那堵牆。要專注在自己身上。

張飛：妳看到了什麼？

小恬：我看到了我，飄在半空中。

張飛：我什麼都沒看到。

　　小恬走去，站在張飛身旁。

小恬：怎麼可能？除非妳是鬼。

　　這期間，山豬自行走到吧台，看到了大牛，卻假裝沒看到，走
向正在看電腦的傑瑞。

山豬：不嚴重。如果你還要我修的話，待會兒我下班就帶著（台語）
　　　「傢俬」過來。

傑瑞：哦，我看算了。時候不早了，明天再說吧。

　　頓。

山豬：隨便你。那我走了。

傑瑞：謝謝你喔。

山豬：沒事。

張飛：為什麼不請他幫忙？

　　這時，山豬已經往玄關那走去，身體背對著眾人。小恬試圖拉住往前走的張飛，傑瑞以手勢示意張飛不要管。

張飛：（音量低到只有嘴形）怎麼啦？

　　就在山豬快要走出去時，大牛出聲了。

大牛：豬哥。

　　山豬停住腳步，慢慢轉身。

山豬：（語氣平靜，不熱絡也不冷漠）大牛。

大牛：豬哥，對不起，剛才太突然了，我一時反應不過來。

山豬：沒關係，這些年在公眾場合不想認我的，你不是第一個。

大牛：豬哥，真的很抱歉。

山豬：相信我，我沒生氣。

大牛：各位，豬哥是我老哥的好朋友。

山豬：曾經。我和他老哥為了一副牌翻臉了。

小恬：哪一副牌？

　　　張飛打她肩膀。

小恬：人家好奇嘛。

山豬：妳會打牌嗎？不要告訴我只會一點。

小恬：小學就會。

山豬：嘿，啟蒙得比我早。

小恬：我爸媽都是賭鬼，小時候就被迫要學痲將，學不好還會被
　　　打。不曉得這算不算是家暴。

山豬：這不是家暴，是家教。既然有知音我就告訴你們，（對著大
　　　牛）也讓你知道個來龍去脈。事情是這樣的：那一天打牌我
　　　手氣好到不行，好像得了奶油桂花手，要什麼來什麼，兩三
　　　下就聽牌，自摸更像是拉西一樣的順，打得其他三個臉色像
　　　豬肝，一副隨時會中風的模樣。事情發生在第三將，南風
　　　南，我連三──

波羅：好像在報導棒球賽。

　　　被這一打岔，山豬瞪著波羅。這次換大牛打波羅的肩膀，要他
閉嘴。

大牛：豬哥，對不起，請繼續。

山豬：第三將，南風南，我連三。我拿牌、理牌，居然發現我他媽
　　　的天聽！我二話不說，馬上掩牌──

傑瑞：什麼是天聽？

山豬：你們他媽專業一點好不好？

小恬：不要理他們。

山豬：我牌一蓋就站起來周遊列國，看看其他人的底牌，哪曉得等
　　　我走到他老哥後面的時候，他居然也掩牌不讓我看，還說：
　　　「媽了個屄，不要走來走去好不好？」我當場就火了，告訴
　　　他：「掩牌看牌是天經地義的事，不要輸了一點小錢就這麼
　　　沒風度。」我才剛說完，他嘩然站起，兩手一拉，把整張牌
　　　桌給掀了。麻將唏哩花啦撒了滿地，現金到處亂飛，局面就
　　　他媽這麼鬧開了。

小恬：是他哥哥不對。

山豬：話說得沒錯，但我也有錯。我山豬就是一輩子學不會，風光
　　　的時候囂張的德行讓我自己看到都想吐。現在你們看看我的
　　　處境，剛好應驗了一句台灣話：「囂張沒落魄久」。

大牛：不要這麼說。

傑瑞：其實也沒什麼。

山豬：不用安慰我。整件事讓我感到悲哀的，不是為了一副牌和哥
　　　兒們幹架，而是我們幾個朋友從前是buddy、buddy，現在
　　　也沒什麼深仇大恨，可是不知道為什麼，這幾年卻快要變成
　　　了路人。唉！大牛，你放心，改天我提起了勇氣，一定主動

　　　跟你老哥道歉。

大牛：我老哥失蹤了。我們只知道他人在花蓮，但沒有人知道在花
　　　蓮哪裡。

山豬：這說不定是好事。台北不適合他，也不適合我。我得走了。

山豬往玄關的方向走。

傑瑞：山豬哥，如果不嫌棄的話，能不能幫我修馬桶？

山豬：只是臭了點，我怎麼會嫌棄？就這麼說定了，待會交完班我
　　　馬上過來。

傑瑞：你會很快嗎？如果很快，門靠上就好。

山豬：沒問題。

山豬往外走，大牛也跟過去。

山豬：不必送了。我不是客人，我是警衛兼修馬桶的。

大牛還是陪著山豬走出去。

小恬：聽了讓人覺得好感傷喔。

張飛：大牛本來是不打算跟他相認的嗎？

傑瑞：不管了。倒數計時快要到了，可是氣氛都還沒high到該有的

　　進度。都是我的錯。來，大家拿起你們的酒杯。

　　幾人紛紛找尋自己的杯子，傑瑞從吧台拿著酒瓶，來回倒酒。

傑瑞：來，乾杯！讓我宣布：Party正式開始！

　　大家一飲而盡，但波羅是最後一個。

波羅：反正地球都暖化了，過敏又算什麼？

　　波羅說完海派地乾杯。

張飛：你還好吧？

小恬：他今天晚上特別有社會意識。

張飛：講到社會意識，小開，我有一件事要質問你。

波羅：不要叫我小開。

張飛：你就是小開，哪天你自己賺大錢，我才叫你大開。

傑瑞：那我算不算是大開？

張飛：大開不會家裡擺著 "ai-key-ya" 的傢俱。波羅，既然有人提
　　　　到社會意識，我要問你——

傑瑞：對不起，party上不談社會意識。

波羅：什麼是社會意識？

小恬：你們知道「小開」這個說法是怎麼來的嗎？

張飛：對不起，我在講社會意識，跟「小開」的說法有什麼春天關
　　　　係？

傑瑞：這跟春天有什麼關係？

　　突然傳來韋瓦第的《四季》，所有的人物環顧四周，搞不清這
是哪門子的音效。

　　燈光轉換，底層暗場，所有演員靜止不動。

　　樓台區燈亮，燈色幽微：山豬和大牛從套房內走出。

　　這個區域變成山豬在地下室棲身的所在。

　　音效壓低，持續數秒後，漸漸消失。

大牛：豬哥還蠻有雅興的嘛，聽古典音樂。

山豬：這應該是老化的徵兆。

大牛：我最近也覺得老了，沒事會哼著小調，而且居然是〈桃花
　　　　江〉。

山豬：你不是很本土嗎？怎麼會哼起〈桃花江〉？

大牛：我也搞不懂，最近有點精神分裂。

山豬：你上次在電視上剪黨證的那一幕我看到了。

大牛：不提了。

山豬：穿幫了。

大牛：我知道。

山豬：演戲的祕訣就是讓別人不知道你在演戲。

大牛：不提了。

山豬：好，不提。

大牛：怎麼沒看到棒球棒？

山豬：收山了。被我掛起來，警惕自己。

山豬走到門檻處，用力拉暗藏好的另一扇門：門上掛著一個球棒。

山豬：混得不錯嘛，跟一堆有錢的少年家攪和在一塊。

大牛欲言又止。

山豬：怎麼啦？

大牛：豬哥，其實我混得很不好。今天來主要是想跟Jerry借錢，可是我才要開口他就故意岔題。

山豬：借錢我很有心得：還沒開口就被打斷，八成是沒指望了。

大牛：剛才看到豬哥，百感交集，心裡一陣溫暖。

山豬：唉，同是天涯淪落人啊。

大牛：我比你更慘，不但兩袖清風，還一屁股債，整個人只剩下這件西裝還算稱頭。

山豬：那更要避免跟有錢人攪和。有錢人的眼裡只有有錢人，你懂

　　　　我的意思吧？我真搞不懂，除了那個張飛以外，你跟那幾個

　　　　雞歪有什麼可以聊的？聊得出一朵花嗎？

大牛：不要說一朵花，連一根草都有困難。

山豬：你怎麼認識傑瑞那痞子的？

大牛：我給了他第一份工作。

山豬：那個傑瑞我怎麼看怎麼他媽的不順眼，很想扁他一頓的我

　　　　操。不要誤會喔，我不是因為他有錢忌妒他。這BK長得人

　　　　模人樣的，全身上下都是名牌，看他跟人應對也是，怎麼說

　　　　——

大牛：斯斯文文。

山豬：對，斯斯文文。他那一票朋友也跟他一個德行，溫文儒雅的

　　　　我操。好像這幾年台灣偷偷設立了一個斯文工業區，專門製

　　　　造出這一票fucking尖頭曼。可是這些人我怎麼橫看直看就覺

　　　　得冷冰冰的。我告訴你，Armani蓋不住他們的兇狠，溫文儒

　　　　雅藏不住他們的無情。你知道嗎，傑瑞這傢伙每天這樣出門

　　　　進門，可就從來沒正眼瞧過我一次。

大牛：哎，有錢人嘛。

山豬：所以啊，你跟這種人有什麼好哈拉的？

大牛：也只能哈拉咯。

山豬：哈拉什麼呢？

　　　兩人轉身，看著台下，彷彿是觀眾。

　　燈光變化，客廳區域燈亮：回到先前的場景。

傑瑞：來，大家乾杯！讓我宣布：Party正式開始！

　　大家一飲而盡，但波羅是最後一個。

波羅：反正地球都暖化了，過敏又算什麼？

　　波羅說完海派地乾杯。

張飛：你還好吧？

小恬：他今天晚上特別有社會意識。

張飛：講到社會意識——（對著波羅）小開，我有一件事要質問
　　　你。剛才大牛提到花蓮，我才想到一件事。我昨天怎麼會在
　　　電視上看到你？

傑瑞：幹，我也看到了。（對著波羅）居然沒找我！

小恬：記者也有訪問我，張姊，妳有沒有看到？

張飛：有。照到妳的肩膀。

小恬：啊，害我pose擺了半天。

波羅：（酒喝多了，半帶挑釁）酷吧？

張飛：酷歪了。小恬的肩膀更是美呆了。我不懂的是，你們一群有
　　　錢的開人開著名車，相約跑到花蓮拉風也就罷了，幹嘛還找

電視來報導？還有，為什麼要戴墨鏡？是要酷呢，還是怕別

人發覺，鏡片後面沒有眼珠子，眼珠子後面沒有靈魂？

波羅：有這麼嚴重嗎？

傑瑞：（對著波羅）好賤喔，記者一定是你找的，不然怎麼會訪問

你。

張飛：你很羨慕是不是？

傑瑞：幹嘛不羨慕，有機會秀一下啊。

張飛：秀什麼春天啊？開個名車就有春天可以秀嗎？

傑瑞：這跟春天有什麼關係啊？

傑瑞講完後，幾人以為韋瓦第的音樂會再度出現，個個張望四

周，結果沒有音效。

張飛：嗯，我講到哪裡？喔，對，我的意思是：你們需要這麼囂張

嗎？我不想講噁心話，說台灣有很多人每天吃泡麵過日子，

說有很多人一個月靠幾千塊在養一個家——

波羅：張姊，妳說妳不想講那些噁心話，不過妳都講了。

傑瑞：很多報導其實都是假的。

張飛：好，不說那些，說別的。媽的，倒酒來。

波羅拿起茶几上的酒瓶，幫張飛倒一杯，也幫自己倒一杯。

小恬：唉，全球暖化。

波羅：（對著小恬）這時候才「全球暖化」，來不及了。

小恬沒想到波羅會這樣回答。

小恬：（問傑瑞）洗手間在哪裡？

傑瑞：（指著通道）這邊，走到底，左邊最後一間。

小恬走出視線。

張飛：你今天怎麼這麼能喝？

波羅：今天豁出去了。妳要談什麼，我跟妳談！

張飛：太好了，這才有party的氣氛。

波羅：我開名車妳不爽是不是？

張飛：你開你的名車，關我什麼春天碼事？你們愛怎麼秀，隨便你們怎麼秀。我只是覺得你們至少要有點，有點，怎麼說，有點格調吧。我昨天在家從電視看到你們這些人，男的穿得很名士，女的穿得很名媛，還在鏡頭面前要酷，一副「開名車沒什麼了不起，家裡還很多台」的死樣子，我就一肚子火，內心一直吶喊「找個人給我掐！找個人給我掐！」，可惜旁邊沒有人，我又不能掐電視。

波羅：我家裡有錢沒有罪吧，對不對？我開名車本身也是沒罪的，

對不對？電視台不是我叫的，他們自己要來不關我的事；記者要訪問我，我就給他訪問，車子又不是偷來的、搶來的，我有什麼好躲的？台灣經濟蕭條是我造成的嗎？不是。我老爸有錢，是我的錯嗎？不是。這一切的一切，包括昨天，我不需要向任何人道歉。

傑瑞： 絕對不要道歉。每年總是有人批評我們公司，說什麼台灣這麼慘了，為什麼尾牙要辦那麼大，還讓電視來採訪。我想說的是，公司明明業績很好，員工又那麼多，尾牙能不辦大嗎？搞清楚一件事：這幾年台灣的經濟是我們在撐的！

張飛： 你們根本聽不懂我在講什麼。沒有人怪你們有錢，你們家的馬桶要灌黃金，我沒話說，你們的屁眼要鑲鑽戒，我也沒話說。可是一旦你們在眾目睽睽之下，把褲子脫下來，把屁股撥開，秀給大家看，我就想掐人了。我在你們的愛現裡面，感覺不到你們和這個社會的連結，好像是完全切割的兩個世界。你們是你們，社會是社會。

傑瑞： 我倒希望真的能切割開來。

張飛： 天啊，我沒聽錯吧？

波羅： 我知道了，Jerry，張姊要我們感恩。

傑瑞： 感恩？感恩的台語怎麼講？

波羅： 肛溫。

傑瑞： 你有肛溫嗎，波羅？

波羅： 剛量過，36度半。

張飛：氣死老娘了，你們兩個。找個人給我掐！

　　張飛做出掐人的動作，兩個男人躲著給她追。

張飛：找個人給我掐！

　　剛好小恬從通道走出，張飛掐住小恬的脖子。

小恬：啊！救命啊！

　　樓台上的大牛講話了。

大牛：停！

　　他一出聲，樓下的人馬上僵在原地。

山豬：怎麼啦？

大牛：豬哥，你把有錢人想得太心虛了。

山豬：喔？

大牛：有錢人從來不會為了有錢辯護，他們認為那是天經地義的
　　　　事。你看人很準，Jerry是個狠角色，將來的台灣就會落在他
　　　　這種人手上。至於，波羅這傢伙嘛，是另一個物種：年輕、

有錢、很膚淺。他為什麼這麼膚淺沒有人知道。這牽涉到雞
生蛋、蛋生雞的問題：是先膚淺才有錢，還是先有錢才膚
淺？無解，這是無解的大哉問。

山豬：但是答案呼之欲出。

大牛：什麼答案？

山豬：那就是，世界上最可悲的莫過於沒錢又膚淺。

大牛：你這不是在講我嗎？

山豬：是嗎？好了，再扯下去這齣戲演不完了。

大牛：那我上去咯。

山豬：你先走，我隨後就到。

　　大牛往左側走。

山豬：走錯方向了。那邊通往樓中樓的下層，這裡現在是地下室。
　　　　你得從這個門出去，再從另一邊上場。

大牛：抱歉，抱歉。

山豬：專注一點好不好？

大牛：這能怪我嗎？這個劇本飄來飄去的，一下子來真的，一下子
　　　　來假的，你要我怎麼專注？

山豬：不要問我，我只是個無辜的演員。快下去吧！

　　大牛走出門後，山豬逗留了幾秒後也跟著出去，關上門。

　　底層的演員恢復意識：張飛仍掐著小恬。

小恬：啊！救命啊！

張飛：只要妳答應不要再講了，我就放手。

小恬：好，我答應。

　　張飛放手，小恬趕緊走遠。

傑瑞：不行，小恬，妳沒講完不行。我要聽。

張飛：你不要鼓勵她好不好？

小恬：那你要保護我喔。

傑瑞：我保護妳。妳講，我聽。

　　張飛洩氣地往沙發上一坐，發覺波羅醉了，倒向她。張飛把他
推向另一邊，但波羅還是往她肩膀靠，只好任由他臥倒在沙發上，
自己走向躺椅。

小恬：我剛才說到哪了？

張飛：不要再講了，已經死了一隻了。

傑瑞：沒關係，從頭來。

小恬：一般人都以為乳瑪琳比動物奶油還健康，其實是大錯特錯。
　　　　本來美國人製造乳瑪琳，是為了把火雞養肥。

張飛：找個人把我掐了吧。

小恬：結果沒想到卻把火雞養死了。

傑瑞：哇，那不是ㄔㄨㄚ塞了嗎？

　　　張飛躺下。

張飛：我需要個心理醫師。

小恬：為什麼這麼重要的資訊沒有人appreciate呢？

傑瑞：我appreciate。

小恬：好。火雞死了，很災難對不對？可是他們不但沒有ㄔㄨㄚ塞
　　　　還大賺災難錢。那家公司把原來白白的乳瑪琳加上黃色色
　　　　素，然後打廣告的時候說，這是「植物」奶油，比「動物」
　　　　奶油還健康。

傑瑞：好賤喔！

小恬：其實你知道乳瑪琳和奶油的差別嗎？這很關鍵，你一定要知
　　　　道。兩個呢，都有同樣的卡路里，但是根據醫學報告——

　　　這時大牛剛好從玄關走進客廳。

大牛：我一聽到「醫學報告」就知道回來的不是時候。

　　　作勢要往回走。

傑瑞：不要走，牛哥。聽一下，會救你一命的。

　　大牛留下來，做個無奈的手勢，走到吧台倒酒，然後走到沙發處，探視睡著的波羅。

大牛：他是睡著了，還是無聊到暴斃？

小恬：你們要不要聽嘛？

傑瑞：聽。

大牛：（同時）不聽。

小恬：聽好喔，根據醫學報告，乳瑪琳不但會增加體內的LDL，也就是壞膽固醇，還減少體內的HDL，也就是好膽固醇，而且食用者增加了五倍得癌症的機率，而且，而且，這個最shocking，聽好喔，乳瑪琳只差一個分子就會變成塑膠！

傑瑞：我靠！

　　波羅醒過來。

波羅：警報解除了嗎？

大牛：你活過來了啊？

波羅：死而復生。

小恬：哼！

張飛以手撐住頭，側身講話。

張飛：小恬，以上寶貴的資訊一定是從Yahoo知識家上面背下來的
　　　　吧？

小恬：我不需要背，這種東西我過目不忘。

張飛：妳有沒有查證過？

小恬：查證什麼？

張飛：你怎麼知道它是可靠的？

波羅：讓我再死一次吧。

波羅再度倒下。傑瑞和大牛坐在吧台高椅上看戲。

張飛：過來，小恬。

小恬：幹嘛？

張飛把小恬拉到躺椅，要她坐下。

張飛：躺下來。

小恬滿臉疑惑，但是照做。張飛坐在圓凳子上。

張飛：妳比我需要心理醫生。

大牛：你那張躺椅還眞好用。

傑瑞：我應該收費的。

張飛：Yahoo小姐，每個人都會上網，每個人的信箱每天都會收到一堆垃圾，只有妳把垃圾當聖經來布道。

小恬：有什麼不可以嗎？

張飛：非常不可以，因爲妳來者不拒。根據長年的觀察和專業的判斷，妳不是地球人，妳來自沒有地心引力的月球。

小恬：耶！我是月球人！（邊唱邊做展翅的動作）"I beleieve I can fly."

聽到這，波羅如殭屍般嘩然站立，也跟著唱起來。

波羅："I believe I can touch the sky."

張飛：這兩個需要送醫院。

張飛站起來，小恬坐起來。

傑瑞：哇，難得看到張姊被打敗。

張飛：好，讓我舉個例子，做最後的努力。小恬，假設今天有人說喝咖啡可以減肥，好，我開始一天喝三十杯咖啡，明天有人說喝咖啡使人皮膚老化，好，我只好貼著面膜喝咖啡，後天

有人告訴我喝咖啡容易得胃潰瘍，好，我每喝一口咖啡，就
喝一口胃乳，大後天又有人說胃乳吃太多反而更容易得到胃
癌，這一來，妳要我怎麼辦？一邊喝咖啡，一邊喝胃乳，一
邊照胃鏡，臉上還貼著一張鬼臉？

小恬：其實，張姊，最近有一個新的減肥祕方。

張飛：我不是在講減肥。

小恬：當然，如果妳生在唐朝，妳就不必減肥了。妳知道嗎，在唐
朝的時候——

張飛：（幾乎用吼的）我知道我在唐朝是個大美女！

波羅：對不起，我有話要說。

以下波羅講話時，不時用食指和拇指輕拂著臉頰或鼻樑。

波羅：基本上呢，我認為，生活在無重力的空間沒什麼不好的。其
實，基本上——

張飛：你皮膚過敏嗎？幹嘛一直摸臉？

波羅：妳注意到了喔？太屌了！這是我最近學到的。我在看奧斯卡
金像獎的時候，發覺到男演員講話的時候，會邊講話邊摸
臉，看起來很gentleman，很有味道。我來示範，誰要幫
我？

小恬：無聊！就想搶舞台。

傑瑞：我來！

波羅：好，你訪問我，問我得獎的心情怎樣。

　　兩人走到天窗前：傑瑞扮演記者，以酒瓶充當麥克風。

波羅：假裝這是個大螢幕，正在播我得獎的影片。
傑瑞：克魯尼先生，請問得獎的滋味如何？

　　波羅把酒瓶拿過來，把它當作小金人。以下他講話時，空著手的那隻一下子放進口袋，一下子抽出摸摸臉頰和鼻尖。

波羅：「哇，不敢置信，我好像飄在雲端。原來，這小傢伙長這個
　　　模樣。哦，Well，受到同儕的肯定，you know，眞是極大的
　　　殊榮，」怎樣？酷吧？
傑瑞：實至名歸。

　　波羅非常得意，原地急轉一圈，卻發覺頭有點暈。

張飛：你確定不是過敏？
波羅：完了，我醉了。
小恬：Jerry，我可以用你的電腦嗎？
張飛：這時候用什麼電腦？
小恬：我有一封重要的信要寫。

傑瑞：是嗎？

小恬：是的，過了十二點就失去時效了。

　　傑瑞帶著小恬走到電腦那，幫她解除鎖定，之後起身，請小恬坐下。

傑瑞：請用。

小恬：謝謝。

　　小恬坐下，開始打字。傑瑞走開，但注意力不曾離開小恬。大牛也很好奇，找機會和傑瑞使眼色。

　　山豬上場：一手提著工具箱，另一手拿著通馬桶的真空式疏通器。他拿疏通器的方式有如手拿棒球棒，把它靠在肩膀上。

山豬：聖誕老公公帶禮物，我山豬帶這個。

　　山豬抬起疏通器，在空中揮舞。

波羅：我正好需要那個，麻煩你把它放在我嘴巴，用力一吸。

山豬：不太好吧，這個是要東西下去的，不是讓它上來。

張飛：你去吐一下就好了。

波羅：我不想吐，吐了更難過。

張飛：去，這是規定，聽媽的話。

波羅下場，幾乎是被張飛推出去的。
山豬也打算往樓中樓走。

大牛：（敷衍成分居多）需要我陪嗎，豬哥？
山豬：通馬桶搞什麼浪漫，還需要人陪？
張飛：我陪你去。
山豬：好啊。

兩人走出視線，舞台上只剩下三人。這時，小恬顯然已寫好信送出了，很戲劇性地蓋好電腦，站起來，走到天窗那。
不曉得是氣圍到了，還是要舒緩充滿懸疑的張力，大牛不自覺地哼起小調。

大牛：「我聽得人家說／說什麼／桃花江是美人窩，桃花千萬朵，比不上美人多／不錯，果然不錯／我每天踱到那桃花林裡頭坐，來來往往的我都看見過／全都好看嗎／好！那身材瘦一點兒的偏偏瘦得那麼好／怎麼樣的好啊？」

大牛唱到一半時，山豬和張飛已出現在樓台，兩人走進套房，關上門。

　　期間，傑瑞走到躺椅邊去看電腦。小恬一直站在天窗前往外
看。

　　等大牛唱完時，套房門打開，走出搗著鼻子的張飛，山豬出現
在門檻處。

山豬：我看妳還是待在外頭。

　　張飛坐在軟沙發，山豬走進套房，順手把門帶上。

張飛：不要關門。

　　山豬照做。

　　同時間，傑瑞看完了電腦，關機，蓋上。走到沙發處，自己倒
酒，從他的表情看不出任何蛛絲馬跡。

大牛：這幾年台灣很瘋美國職棒。
傑瑞：是啊。
大牛：洋基好像變成了台灣的國隊。
傑瑞：是啊。

　　小恬突然轉身，往兩人的方向看，不知道在看哪一個，突然小
恬展開雙臂，往他們的方向衝，傑瑞感應到了，雙手展開，向她衝

去，沒想到小恬跟他擦身而過，讓傑瑞撲了個空，回頭看才知道，她衝向大牛。大牛也及時起身迎接小恬，兩人像火車對撞似地緊緊擁抱，熱吻時兩人各用一隻腳金雞獨立，另一隻腳糾纏在一塊。

傑瑞大為不解，攤開雙手，看著觀眾，似乎要他們評理。

燈光變化，三人走回原來的位置後，停止動作。

樓上的張飛開口了。

張飛：我真的是不甘寂寞，每年答應自己要一個人跨年，卻每年跑出來和大家一起殺時間。每次跟一堆醉醺醺、又不熟的人在一起倒數計時，數到最後，3、2、1，我都有不祥的預感，好像在引爆什麼。不過這一次不同，我想趁今天晚上做個了斷。

山豬拿著疏通器，出現在門檻。

山豬：了斷？

張飛：不要緊張，我講的是跟過去做個了斷。

山豬：那就好。

張飛：你有沒有過一種經驗：有一天醒來突然發覺這輩子白活了？

山豬：我每天醒來都有這種感覺。

張飛：你努力工作，盡情享受。好像什麼都不缺，可是你卻不覺得踏實。就在這時候，你慌了，你不知道缺了什麼，可是你慌

了。這不是辭掉工作，搬到花蓮，或是從此不再虛偽，不再
妥協就可以解決的。

山豬：這種事最好不要去想。

張飛：這種事不想，還有什麼春天值得想的？

山豬：妳跟春天有什麼過節嗎？

張飛：我喜歡秋天。

山豬：我剛好活在秋天。我這輩子做錯很多事，錯過了很多時機，
對不起很多人。妳說我白活了，我也承認。這幾年，我漸漸
學會了不跟別人吵架，尤其不跟自己吵架。我現在對人生的
要求很謙卑，賞我一頓飯吃，給我一個屋頂，我就沒什麼好
抱怨的。如果有個陌生人對我釋出善意，就像那個Maria一
樣，看到我給我誠懇的微笑，和我聊上幾句，我就很滿足
了。不行，越講越感性，馬桶還等著我呢。

山豬走進套房。樓下的人物開始講話。

大牛：這幾年台灣很瘋棒球。

傑瑞：是啊。

大牛：洋基好像變成了台灣的國隊。

傑瑞：是啊。

小恬突然轉身，看著兩人。

小恬：我想去買菸。

傑瑞：（問大牛）你沒有嗎？

大牛：我戒了。

小恬：我要抽涼菸。

傑瑞：要不要我陪妳去？

小恬：不用，我想一個人。

　　小恬往玄關的方向走，傑瑞想跟上去卻躊躇不定，等小恬走出視線了，傑瑞還留在場上。

大牛：怎麼啦？

　　頓。

傑瑞：王建民的一半。

大牛：王建民的一半？我不懂。

傑瑞：我也不懂。小恬回信說，她今晚不打算跟波羅回去，想留在這裡。

大牛：那就是王建民啊。

傑瑞：只有一半，因為她還說了其他的事。

大牛：什麼事？

傑瑞：她喜歡我，因爲我喜歡聽她講話。但是，她不愛我。

大牛：這還好吧。

傑瑞：本來還好，但是她又多提供了一些我不想知道的資訊。

大牛：什麼資訊？

傑瑞：她愛上了一個人，可是那個人很討厭她。

大牛：啊？會是誰呢？

傑瑞：我第一個想到的就是你。

大牛：什麼啊！你不要開玩笑了。這是不可能的事嘛！

傑瑞：誰曉得？這種事誰曉得。小恬怎麼會看上波羅，我怎麼會看
　　　上小恬，張姊怎麼會看上山豬——

大牛：啊？

傑瑞：你還看不出來嗎？

大牛：胡說八道，他們才剛認識。

傑瑞：小恬怎麼會看上你，這種事誰曉得？說不定你們每一次的鬥
　　　嘴其實都是在打嘴炮。說不定，賭爛和暗哈是同一件事。

大牛：暗哈？我第一次聽到這種說法。

　　　沉默。兩人若有所思。

大牛：你打算怎麼辦？

傑瑞：她要我倒數計時的時候給她答覆。

大牛：又是暗號？

傑瑞：她沒指定暗號，要我想辦法讓她知道答案。

大牛：靠，今天真是暗號之夜。

　　頓。

傑瑞：我不跟人分享。

　　頓。

傑瑞：她不需要告訴我，她愛上了別人。

大牛：你愛她嗎？

傑瑞：這不是重點。她破壞了起碼的幻覺。

大牛：你這不是自打嘴巴嗎？你剛才還在說，什麼都是演戲，一切
　　　都是姿態，連自殺都有作假的成分，這個節骨眼你倒期待要
　　　有幻覺？

傑瑞：真實死了，幻覺也沒了，我們還剩下什麼？

大牛：說不定給那個荷蘭女人說中了。除了錢財和食物，我們什麼
　　　都不相信。

　　頓。

大牛：Jerry，我最近手頭有點──

傑瑞：牛哥──

大牛：困難。

傑瑞：十萬可以嗎？

大牛：（有點愣住）謝謝。

傑瑞：但是，牛哥，希望你了解。這是最後一次了。

　　大牛看著傑瑞，沒想到他會這樣說，波羅走出通道。

波羅：我吐不出來。

　　停頓：樓上的張飛及樓下的兩人看著波羅。
　　山豬走出套房。

山豬：我通不下去。

　　長一點的停頓：所有的人看著山豬。
　　小恬走進客廳。

小恬：我走不出去。

　　最長的停頓：所有的人看著小恬。

傑瑞：怎麼會呢？

小恬：門怎麼按就是按不開啊。

傑瑞：Sorry，我忘了給妳密碼。沒有密碼，我們這裡是進不來也出
　　　不去。

　　　他們倆對話期間，山豬和張飛已走下樓來，相繼出現在客廳。

山豬：對不起，功力不夠，沒有通成。

傑瑞：沒關係，這樣多少？

山豬：無功不受祿，不用錢。

傑瑞：這樣不行，至少讓我請你喝一杯酒。

山豬：好啊，反正我也下班了。

傑瑞：紅酒可以吧？

山豬：紅酒啊？對不起，我不喝紅酒。

大牛：豬哥認為紅酒只會讓大便變黑。

山豬：現在不宜提到那個東西。

大牛：有沒有啤酒？

傑瑞：沒有。

山豬：沒關係。我走了，不耽誤你們倒數計時。

　　　山豬往玄關處走，張飛很想把他留下來，又不想做得太明顯。

小恬：好想抽菸喔。

山豬：欸，我這兒有菸。

　　小恬一聽，精神一振。山豬放下工具，從口袋拿出菸包，給她抽一根，也給自己一根。

　　山豬拿出打火機，準備幫小恬點菸時，被大牛制止。

大牛：豬哥，我來。

　　大牛畢恭畢敬地先幫山豬點菸，雙手闔上點火，山豬也雙手闔上接火，兩人進行了一段男人之間的點菸儀式，看得傑瑞和波羅目瞪口呆，但張飛笑了。

小恬：喂，該我了。

　　大牛接著幫小恬點菸，完全不是那麼一回事：一隻手伸出去，點火，小恬把菸叼在嘴上，傾身、嘟嘴，因身體一直搖晃，好不容易才把菸點著。

小恬：（吐菸）好棒喔！

波羅：抽菸有什麼好的，我永遠搞不懂。

小恬：可惜不是涼菸。

　　老煙槍的山豬聽到「涼菸」時突然嗆到。

山豬：（猛咳之後）千萬不要在我這個老男人面前提到涼菸。

小恬：為什麼？

山豬：因為……它會……讓……

小恬：喔，那個啊，其實抽涼菸會使男人那個那個，其實都是神
　　　　話。根據一個醫學報告——

　　其他人一看小恬又要提供資訊了，趕緊把話題岔開。

大牛：喝酒，喝酒。

張飛：趕快把酒倒在她嘴巴裡面。

波羅：我也再來一杯！

　　趁著他們起哄、倒酒時，山豬提著他的東西，默默走出客廳。

　　傑瑞為他們一一倒酒。最後幫小恬倒時，動作放慢，兩人深深
地互看了一眼。

　　這時，張飛才注意到山豬離開了，不自覺地往玄關那走。

張飛：怎麼沒有人留他呢？

傑瑞：你說那個警衛啊？

張飛：我才要留他下來，一轉眼人就不見了。

傑瑞：不太好吧。

波羅：不太好。

張飛：有什麼不好的？

小恬：除非我們要打麻將，不然我不知道——

傑瑞：他跟我們味道不合吧。

波羅：（模仿山豬）「他媽的，你們專業一點好不好？」

張飛：欸，你們這些人是怎麼搞的？

　　　張飛轉頭看著大牛。

張飛：大牛？

　　　大家看著大牛，大牛遲疑良久，彷彿在做人生重大決定。

傑瑞：看你意思，牛哥。你怎麼說我怎麼做。

大牛：這……這是傑瑞的家……我沒意見。

　　　這時，張飛對他徹底失望。

波羅：喝酒！祝我明天腫得像西瓜！

　　除了張飛外，其他三人也跟著舉杯。

三人：西瓜！

傑瑞：（看手錶）各位準備，時間快到了。我得老實說，今晚的
　　　party有幾度差點崩盤，半路還殺出了一隻山豬，身為主人，
　　　我非常抱歉，但是——

張飛：對不起，我要講一件事。

傑瑞：時間快到了啦！

張飛：聽我說。我們是朋友吧？大家會在一起倒數計時，這表示我
　　　們之間應該有些連結的東西吧？不可能只有紅酒、名車跟乳
　　　瑪琳吧？拜託，讓我講完，我今天醒來就覺得不對勁，照鏡
　　　子的時候，我發覺裡面的那個人不是我。

傑瑞：張姊。

張飛：有沒有人像機器一樣按部就班了一輩子，有一天醒來檢查零
　　　件，發覺一個都沒少，就是少了靈魂？

　　　除了小恬，其他人齊聲抱怨，覺得她扯太遠，很殺風景。

小恬：沒關係，妳只少了21公克。

張飛：妳在說什麼啊？我認識妳嗎？我們是朋友嗎？我知道講靈魂
　　　太抽象，可是我找不到更好的字眼能把我一直感受到的疏
　　　離，一種頭重腳輕……好像意識飄離了身體……好像是站在

　　懸崖往下看，你人還在上面，卻發覺看到自己的屍體躺在下

面……

波羅：我的天啊！

傑瑞：這時候搞表白，是不是太戲劇性了點？

張飛：誰跟你在演戲？我沒有在演戲。各位，我今天差點做了一件

　　　蠢事……剛才──

傑瑞：沒有時間了，拜託等一下再說。各位，繫好安全帶，準備最

　　　後的衝刺。豐收的一年要過去了，我們期待另一個豐收……

　　　我們之所以會在一起倒數計時，它本身就是一件……一件，

　　　you know，它本身就不是，不是一件……隨便的事。（看錶）

　　　等我訊號，等我訊號……10、9……

　　波羅跟著一齊倒數。

波羅：9、8、7……

　　大牛和小恬先是看著張飛，有點遲疑，但受氣氛感染，也接著

倒數。

　　及此，所有的人開始用慢動作完成倒數。

大牛：6、5、4……

小恬：（同步）6、5、4……

　　張飛沒有加入倒數，先是看著他們，然後以正常的速度走向玄關，走出視線。

四人：3、2、1！

　　倒數完後，回復正常速度。

四人：Yeh！Happy New Year！新年快樂！

　　幾人擁抱，順序如下：
　　波羅和傑瑞擁抱；大牛和小恬擁抱。
　　波羅和大牛擁抱；傑瑞和小恬擁抱。小恬似乎在等傑瑞的訊號，但後者在短暫的遲疑後並沒給她任何暗示。
　　小恬和波羅擁抱，兩人形式地親了嘴。

小恬：新年快樂。
波羅：新年快樂。

　　同時，大牛和傑瑞擁抱，大牛以手勢詢問傑瑞，意指他為何沒有行動，傑瑞只是攤攤手。
　　擁抱儀式過後，傑瑞拿起他的酒杯。

傑瑞：波羅！

波羅也拿起他的酒杯。

波羅：Jerry！
傑瑞：喝畢魯啦！
波羅：救台灣啊！

小恬看在眼裡，知道這是怎麼回事。

原本已舉起酒杯、等著跟他們互敬的大牛聽到這，失望至極，喪氣地放下杯子。

小恬：牛哥！

小恬走到大牛面前。

小恬：新年快樂！
大牛：新年快樂！

突然，小恬抱緊大牛，給他深情的熱吻，大牛也回敬她同樣的迫切。兩人進入忘我之界，各自金雞獨立，懸空另一隻腳糾纏在一

塊。

　　波羅冷眼看著，傑瑞從後方拍他肩膀。小恬轉身挑釁地看著他
們。

小恬：有意見嗎？
波羅：沒有。
傑瑞：沒有。

　　大牛還在回味。

大牛：完全沒有。
傑瑞：放煙火了！

　　四人走向天窗，往外看。

小恬：要從這個角度才看得到。

　　四人走到舞台最下方，斜著身子看煙火。
　　天窗出現五彩繽紛的顏色。
　　這時，套房的門被打開：走出張飛和山豬，後者披著暗綠色的
軍毯。

山豬：請進。今天我這個豬窩還眞熱門。

兩人並肩站在欄杆處，看著天窗。

張飛：新年快樂。
山豬：新年快樂。

兩人持續看著天窗。這時，樓下的四人轉身看著樓台上的兩
人。

張飛突然在山豬的臉頰上輕輕地吻了一下。

張飛：謝謝。

山豬維持鎮定，但幾乎臉紅了。

山豬：謝謝。

兩人站在一起，看著前方。

山豬：這一下，足夠撐到明年。

兩人持續看著天窗，照映在上面的色彩更加豐富。其他幾人轉

身，面對天窗。

山豬：我們在看什麼？這裡是地下室，什麼都看不到。

　　燈漸暗。

　　全暗。

　　　　　　　　　　　　　　　　　　　　　　——劇終

無可奉告

NO COMMENT

〈序〉

你不要COM他的PLAIN

「你不要com他的plain，反正那個懶屍，他的plain怎麼com也com不完。」打牌席間突然聽到這一段不三不四的話語，害我差一點沒把摸進的卡張打出去。中台英三語混血也就罷了，英文的complain不但能一分爲二，還居然可以倒裝！

解嚴以來，台灣的語言眞的變了，而語言的轉向直接反映了某種程度的文化革命。然而，台灣的文化大革命並非濃縮版的流血武動，而是換置型的和平移轉。當今的語言生態即是各種換置的環節之一。面對目前雜交混種的語言，諸多憂心之士已相繼提出「世風日下、人心不古」的警訊，大com其plain。但，換個角度來看，今天無厘頭的語言未嘗不是對昨日八股語言的反動。

有一回坐計程車被迫聽廣播。收音機正播放著目前最流行的雙人脫口秀，談話的內容可說是集言不及義之大成。一男一女的DJ以超音速的節奏主持節目。女DJ先以一則有關英文很破的笑話開場，男DJ以「所以英文就是要敢講」等廢話爲笑話做結。兩人繼續哈拉幾句後，以電話連線請特別來賓加入哈拉。女DJ因爲來賓具有碩士

身分而將他比做「聖人」，接著順勢由「聖人」聯想到「聖女合唱團」、「聖女貞德」、「聖石傳說」。當來賓「出言不遜」的時候，女DJ反唇相譏：「你是聖人呢！聖人怎麼可以跟凡人頂嘴？」最有趣的是，來賓為體育記者，上節目的目的應是介紹該美式足球的最新動態。但是，從頭到尾兩位DJ一直故意偏離重點，並很後設地嘲弄主題的無聊。最後，廣告時間已到，主持人以一曲〈瘋言瘋語〉為這個單元劃下完美的句點。

　　這算哪門子的節目，你或許會問。但，不可諱言，類似的節目正充斥著我們的電子媒體。記得二十年前，深受年輕人喜愛的廣播節目是李季準的「感—性—時—間」（請以低沉的慢板唸出）。每天晚上，李季準以其極富磁性的聲音及略微假仙的語調將聽眾帶入深夜。他講話力求言之有物，口中的每一則故事的背後必然夾帶著一條道德教化的尾巴，甚至「某人出門倒垃圾」，也可以讓他講得饒富禪意，雅不可耐。曾幾何時，李季準過時了，連帶地他那種死要氣質的語言也式微了。今天的DJ慣以鯊魚式的節奏說話，深怕稍有停頓即是冷場，即是死亡。他們以一種「去意義」的語言來主持一種「去中心」的節目。對他們及他們的閱聽者而言，節奏就是意義，風格就是內容。以前，我唯一常聽的廣播是中廣調頻63.5的音樂網。兩年前，中廣為了生存也步上他台的後塵，於節目裡打上了「只聽音樂不聽話」的宣傳口訣。從那時起，那個節目的廢話突然變多了；從那時起，我不再開機了。

　　二十多年前，詩人、散文家都曾經為文大嘆中文的沉淪：文言

夾雜、中英混種。當時的作家所亟欲維繫的是某種程度的「純粹」，與那時的國民黨政權所誓死捍衛的「道統」不謀而合。這些語言的先知先覺者當然不敢指望語言不變，但變要變得像個樣，要像個他們能主導或接受的樣兒。還好，語言不是作家的專利；它是大家的。

　　台灣的語言從以前的老成持重演變至今天的年少輕狂。過去，小孩講話故做大人沉穩狀；現在，大人講話故做小孩可愛樣。過去的語言取其不可承受的重，現在的語言取其不可承受的輕。君不聞大夥說話虛字氾濫（嗯、欸、耶、喔、啊、咩、唄）？君不聞大夥動不動「然後」掛帥，莫非其他連接詞已全然作古？君不聞我們大半都在打屁，逞口舌之能？君不聞語言遊戲已不夠看，遊戲語言才是高招？

　　畢竟，我們還是被語言戲弄了。現代戲劇先驅史特林堡的《鬼魅奏鳴曲》裡的語言具有神奇的魔力。它能切穿層層虛假的外在並直搗真相，甚至可以發揮「千夫所指，無疾而死」功效。所謂一言以「斃」之是也。現代之後，語言已變得無足輕重，講話可以不負責任。既然駟馬難追，幹嘛要追，改口不就得了？所謂千夫所指，更加無恥是也。媒體及人們的口頭禪「羅生門」是個典型的例子。二十多年前，「羅生門」流行於文藝青年之中，他們用這三字的時候總是加上引號，意指引申至芥川龍之介的同名小說或黑澤明的同名電影。今天，羅生門已通俗到不需要引號了；人們即便不詳其出處亦能琅琅上口。（或許，引號的消失意味著歷史意識的薄弱。）

就這樣，每次遇上一個社會案件，在它尚未變成懸案一樁之前，媒體總是率先以羅生門界定它。同時，我們如鸚鵡似地覆誦著那三個如魔咒般的字眼。羅生門給當事者最大的啓發是：只要我死不承認，社會能奈我何？即使是證據確鑿，嫌犯還是義憤填膺地說道：「不是我幹的！你再說就是抹黑，我保留法律追訴權！」羅生門給民眾最大的安慰是，我們雖然莫可奈何，但至少可以表現我們的世故、我們的犬儒。因爲這三個字，整個社會喪失了追尋眞相的道德勇氣。

若説目前的語言全無意義，那就小覷了打屁的功能。它有麻醉的效應，讓我們暫且忘卻殘酷的現實；它有填補的作用，讓我們暫且忘卻生命的缺口。更重要的，它提供了一個出口，讓我們從言談中紓解那種倖存苟活的焦慮。是的，日子無奈到，存活的焦慮已逐漸取代了存在的焦慮。「我最近早上醒來都有隨時會掛掉的預感，」《無可奉告》的劇中人如是説。

有一陣子，大家怪罪吳宗憲，好像台灣的總總亂象源自於他，好像他的打屁語言是他獨自創獲所見。其實，他是我們的縮影，也是我們的代罪羔羊。我們天天在操練那種語言，他只是將它發揚光大罷了。既是他的徒子徒孫，亦是他的養生父母，何必com他的plain呢？

時間 2000年之後
地點 台北

開場前

除了散置的幾張椅子，舞台上空無一物。
觀眾進場時，開始播放演出當天的廣播節目。
開演前三分鐘，音效轉為音樂。
燈漸暗。

⋮

開場

燈微亮。
音樂持續。
撿場陸續上場安排場景：一張四方桌、四張椅子。
安置好後，撿場退。
燈漸暗。

1

我不曉得
是誰在遷怒
但是你們都離題了

燈亮。

這是一間咖啡屋。

四方桌已坐了兩男一女，他們分別是上班族、研究生、自由人。

自由人：然後，整個一切就game over 了。

研究生：劃下句點。

上班族：崩盤了。

沉默。

自由人拿出香菸及打火機，準備點一根。

上班族：妳要抽菸啊？

自由人：不行嗎？這裡不是抽菸區嗎？

研究生：那裡掛個「吸菸區」的牌子，妳就非抽不可嗎？

自由人：我沒有非抽不可，我現在想抽，OK？

研究生：妳真的需要那一根嗎？

上班族：妳知道你們抽菸的人都在幹嘛嗎？都在先消費後付款。

研究生：無時不刻進行著毀滅的行動。

上班族：拿生命作抵押品。

研究生：生活凌駕生命之上。

自由人：不抽就不抽，煩死人了。

上班族：怕了吧？

研究生：怕到了吧？

自由人：怕個屁！只是懶得聽你們廢話。

　　沉默。

研究生：我昨天在網路上看到的一個很屌的笑話。有一個男的跟他
　　　　　的情婦正在賓館翻雲覆雨——

上班族：做愛。

自由人：Fuck。

研究生：對啦。他們正在法克時候，那男的老婆突然踢門而進，前
　　　　　來捉姦，逮個正著。可是，結果呢，那男的居然沒事、全
　　　　　身而退。你們猜，為什麼？

自由人：但是那女的有事，對不對？

研究生：也沒事。

上班族：等一下，賓館的門有那麼容易一踢就開嗎？

研究生：他媽的，笑話嘛。

上班族：好、好、好。為什麼？

研究生：因為那男的向他太太解釋：「太太，妳誤會了。」太太
　　　　　說：「我誤會個鬼，你明明壓在她身上！」先生說：「妳
　　　　　聽我解釋。這位是我的同事陳小姐。最近因為景氣很不
　　　　　好，聽說公司要裁員。」太太馬上問：「裁員！有沒有

你？」先生說：「妳聽我講嘛！就是因為公司裡面一片低氣壓、風聲鶴唳、人人不保，所以我和陳小姐約在真鍋咖啡交換情報。」太太不相信地問：「喝咖啡怎麼喝到賓館來了？」先生說：「所以我要跟妳說嘛。我們交換情報了以後，兩個人都覺得事情不妙，付完錢，走出來，陳小姐突然昏倒。我把她抱起來，看到隔壁就是一間賓館，所以就開了一個房間讓她休息一下。」太太這時又問：「那怎麼會休息到兩個人都光著屁股，你還壓在她上面親她？」先生生氣得回答：「妳這樣一直打岔，我怎麼跟妳解釋？我把陳小姐抱上床以後，看到她臉色慘白，好像沒有氣息，只好趕快對她做人工呼吸，做了半天都沒起色，我就想可能隔著衣服效果不大，只好把她的衣服全部脫光，繼續急救，救了半天搞得我全身都是汗水。那時我一心只想到救人，也沒想到其他，所以我也把我的衣服扒光。還好都是妳碰的一聲衝進來，才把陳小姐從鬼門關叫回來的，而且還好有妳在場為我作證，否則陳小姐醒來以後，搞不好還以為我對她怎麼樣了。」這時候太太很嚴肅地對陳小姐說：「妳放心，我先生是正人君子。」

研究生講完自己笑，上班族也笑。自由人好像沒有在聽。

自由人：怎麼還沒來？

研究生：管他的，雨顏哪次不遲到？

上班族：對嘛，管他的。

　　沉默。

自由人：（往左看）無聊！

研究生：幹嘛啦？

自由人：你們看看那女的。好噁心喔。自己一個人跑來這裡喝咖
　　　　　啡，還帶一本書來看。

研究生：這有什麼噁心的？

自由人：你們看嘛，她如果真的在看書也就算了，不是，她是看一
　　　　　看書，然後抬頭看看別人有沒有在看她看書，然後再看看
　　　　　窗外，然後再從窗子的reflection看看有沒有人在看她在看
　　　　　窗外。哪有那麼自戀的人？

上班族：妳怎麼知道她不是在看外面？

自由人：我當然知道。

研究生：不知道她在看什麼書？

自由人：管她在看什麼書。她假裝在café裡面看書才是重點。

上班族：在公共場合看書也有罪啊？

研究生：她心情不好嘛。

自由人：我哪有？

上班族：是不是跟昨天晚上我們聊的有關？

研究生：你們昨天有見面啊？（問自由人）妳不是說妳很忙，不能出門嗎？

上班族：沒有。打電話。我在電話上一直勸她要找一個工作，總不能做一輩子的無業遊民。

自由人：我不是無業遊民，我是自由人。

上班族：這樣就比較好聽嗎？

自由人：自由人是我唯一能妥協的形容，其他任何和社會地位有關的title我都不要。

上班族：妳能這樣過一輩子嗎？

研究生：這是個階段性的問題。

上班族：說真的，如果能活，我還希望我是無業遊民。

研究生：你沒種。

上班族：我什麼沒種？

自由人：你沒工作不能活。你沒種辭職不上班，而且我告訴你，只要你今天辭職跟老闆說「我不幹了」，我保證你明天就會去找工作。

上班族：So？

自由人：沒種啊So！

上班族：那他呢？現在絕大多數的研究生是根本不知道明天在哪裡才念研究所的，妳說對不對？

研究生：So?

上班族：你是哪一種？是真的為了研究學問，還是為了逃避沒有明

天的未來？

研究生：我為什麼要向你交代我的生涯規劃？

上班族：You see？

自由人：你們兩個少無聊了好不好？（看錶）雨顏怎麼還沒來？

　　　　上班族和研究生不自覺地同時看錶。

上班族：媽的，我忘了，我手錶被我摔壞了。

自由人：怎麼會摔壞的？

上班族：不提也罷。

研究生：屢試不爽，他真的又遲到了。

上班族：多久了？

自由人：他哪一次不遲到？

研究生：他沒有一次不遲到。

上班族：到底多久了？

自由人：你幹嘛嗎？

上班族：我需要正確的時間。

研究生：（看錶）他遲到了四十六分鐘。

上班族：他媽的這麼久噢！

自由人：這哪算久？

研究生：就是嘛，他遲到最久的紀錄是多久？

自由人：怎麼算？他有幾次根本都沒來算不算？

研究生：真的屢試不爽。欸，你們要不要聽一個和「屢試不爽」有
　　　　　關的笑話？

自由人：早聽過了。講一個女人跟她老公做愛，不管怎麼搞就是達
　　　　　不到高潮，對不對？

研究生：才不是。

自由人：就是。

上班族：我跟你們講噢，我這一次真的生氣了。雨顏，他再——
　　　　　（作看錶狀）Shit！我沒錶實在不能活——雨顏他再三分鐘
　　　　　不出現我馬上走人。

自由人：你發什麼飆啊？有誰在刻意等他嗎？

研究生：對啊，是誰每次我們聚會都要約他的？

自由人：（愣了半秒）對啊，我們三個人不能聊嗎？

研究生：當然可以。

自由人：那就聊啊。

研究生：我們不是就在聊了嗎？

　　　沉默。

上班族：我們是哪時候開始找雨顏出來的？

研究生：怎麼又聊到他了？

上班族：不是，你們聽我分析。

自由人：好吧，就拿他當祭品吧，誰叫他要遲到。

上班族：你們仔細回想，我們是哪時候開始密集找他出來的？

研究生：那件事以後。

上班族：沒錯。他本來是我的朋友的朋友，我跟他也不熟，介紹給
　　　　　你們認識後，也沒有多大的火花。可是——

研究生：可是，自從那件事，他出了名以後——

自由人：錯了。自從那件事發生，他不想出名、拒絕接受媒體的訪
　　　　　問以後——

研究生：他還是出名了。

自由人：那是媒體炒的，不是他要的。

上班族：所以？

自由人：我是欣賞他的guts，才想多認識他。

上班族：我是想找他拍廣告。

研究生：我欣賞他對媒體的策略。他越不跟媒體講話，媒體越把他
　　　　　塑造成謎樣的人物，別人拋頭露面成名十五分鐘，他只來
　　　　　個「無可奉告」，結果成名三十分鐘。操，真他媽的高招。

自由人：為什麼每件事對你來講都是策略？

研究生：不是策略是什麼？他最後不是出名了嗎？

自由人：那是你們媒體很賤。

研究生：什麼「我們媒體」？

自由人：你是學新聞的，將來你就會像他們一樣。

上班族：他現在講話已經很像了。

　　　服務生上。

服務生：各位還要不要加水？
三　人：好，謝謝。

　　　服務生作添水狀。

服務生：請慢用。

　　　服務生下。

自由人：他什麼意思？
研究生：什麼什麼意思？
上班族：我不懂。
自由人：我們桌上什麼都沒有，盤子都收了，飲料也收了，只剩下
　　　　三杯白開水，他還說什麼「請慢用」？
上班族：管他的。
自由人：這已經是他第二次來加水，第八百次說「請慢用」了，你
　　　　們還搞不懂嗎？他是希望我們趕快滾蛋，不要坐著毛坑不
　　　　拉屎。
上班族：不要說得那麼難聽，妳只要說：「不要坐在café裡面不喝
　　　　coffee」就可以了。

研究生：妳這叫遷怒。

自由人：我幹嘛遷怒？我牽什麼怒？我有什麼怒可以搬家的？

研究生：我不知道妳有什麼可以搬家的，但絕對不是沙發。但我知
　　　　道妳心中有怒，而且，是的，冰凍三尺、非一日之寒。我
　　　　們可以確定的一點是，是的，那個引發妳不爽的因素完全
　　　　和「請慢用」沒有絕對的關係存在。

自由人：你在做現場連線報導嗎？

研究生：如果妳跟他一樣有固定的職業，有明確的社會地位的話，
　　　　妳或許就不會對「請慢用」三個字不爽，不管那個服務生
　　　　講了八百次，還是八百零一次。但是，還有一個可能性我
　　　　們必須追蹤：如果今天雨顏不遲到——

自由人：這和雨顏有什麼關係？我問你，你今天講話那麼衝又是為
　　　　什麼？

研究生：妳不要離題。

自由人：你才離題。

上班族：我不曉得是誰在遷怒，但是你們都離題了。你們都把事情
　　　　想得太複雜了。如果我是個waiter，而我常去某一桌倒
　　　　水，那表示我一定是想尬那一桌其中的一個馬子。所以，
　　　　答案其實是，那個waiter看上——（指研究生）你了。

研究生：為什麼是我？

自由人：為什麼不是我？

研究生：妳連這個也要跟我爭啊？

自由人：什麼「也要」？你什麼意思「也要」？

上班族：你們聽我講嘛。因為他是gay。

研究生：你怎麼知道他是gay？

上班族：我跟你們打包票，他鐵gay的。而且，我告訴你們，雨顏也是gay。

很短暫的停頓。

上班族：幹嘛講他呢？

研究生：對啊。（頓）可是你怎麼知道？他告訴你的？

上班族：他怎麼會告訴我？

自由人：我們不要講別人的八卦。

上班族：為什麼不能講？我告訴你們，我最近嚴重發覺，我們認識多久了，有四年了吧？可是我們很多事情都不敢碰。

自由人：不是不敢碰，是沒有必要碰。

研究生：這點我同意。

上班族：有什麼不願意碰的？「朋友」的定義是什麼？什麼叫做「朋友」？如果我們對一個人的性慾取向都搞不清楚算是他的朋友嗎？他算是我們的朋友嗎？我們在怕什麼？我只知道你是研究生，你爸媽在台南做公務員——

研究生：台中。

上班族：對，台中。可是你家我從來沒去過。妳呢？妳是淡江畢業

　　　　的，沒有固定職業，妳家好像是在花蓮，可是花蓮的哪

　　　　裡，妳爸媽做什麼的，我也完全沒有畫面。雨顏更鮮了，

　　　　我們知道雨顏不是他的本名，可是我們不知道他原來叫什

　　　　麼，他家在台北，可是沒人知道台北哪裡，他爸媽在幹什

　　　　麼的，有沒有兄弟姊妹，也不太清楚。然後呢？他到底是

　　　　gay，還不是gay，大家都很好奇，可是又不好意思問，我

　　　　們如果要派一個人去尬他，還不知道要派男的還是女的。

　　　　他是不是gay，對我不重要。但是，話又說回來，對我也很

　　　　重要。你們眼睛睜那麼大幹嘛？放心，我不是gay，我不想

　　　　尬他。我是死硬派的異性戀者。我的原則很簡單：各取所

　　　　需，只要他們不要打我的主意，大家相安無事。

兩　人：（同時學上班族講話）大家相安無事。

自由人：你的原則已經講了很多遍了。

上班族：又怎樣？我問你們：做爲雨顏的朋友，我們有沒有資格知

　　　　道他的性慾取向？我們雖然沒有必要知道他的祖宗八代，

　　　　至少要了解他的來龍去脈。我老哥一票換帖的兄弟，我有

　　　　時候看得很羨慕，雖然有時候恩恩怨怨的，但是他們還眞

　　　　的像親兄弟。

自由人：你搞錯了。我們出來交朋友就是爲了逃避家裡的兄弟姊

　　　　妹。

上班族：我不相信，那是妳嘴硬，我們的之間的友誼不可能一直這

　　　　麼淡。有關雨顏的事——還有你們的事——我都很想知

道，因為我把你們當朋友，我們不能因為尊重別人的隱
私，而變得什麼都不好意思問。好！媽的，等一下他來我
劈頭就問：「雨顏，操他媽的你到底是不是gay？」

研究生：你今天怎麼啦？

自由人：對啊？

　　頓。

上班族：我被老闆fire了。

自由人：怎麼會？

研究生：真的啊？

上班族：我氣得把公司送的手錶摔在地上。

自由人：怎麼會這樣？

上班族：反正沒關係，此處不留爺，自有留爺處。不管妳怎麼說，
我今天是豁出去了。朋友要不要交一句話。等一下他來，
我一定問他一堆問題，問他祖籍哪裡？問他是不是還在
café打工，是不是還在搞紀錄片？問他本來叫什麼名字，
以前談過戀愛嗎？談戀愛的對象是男的還是女的。你們想
聽就留下來，不敢聽現在就走！

自由人：雨顏來了！

　　雨顏行色匆匆地上。

研究生：怎麼又遲到了？

自由人：對啊，我們都快走了。

上班族：你們不要吵。雨顏，我問你——

雨　顏：他媽的，台灣完蛋了！

　　三人同時反應：「怎麼啦？」、「啊？」、「什麼？」。

雨　顏：我剛才騎車到捷運站，結果……

　　音效上。

　　雨顏只是比手畫腳，其他三人不時發出反應：「啊！」、「真的啊？」、「哇銬！」、「有這種事？」。

　　燈漸暗。

　　燈全暗。

　　燈漸亮，剛才的四人下場時已將四方桌撤走。

　　撿場甲、乙搬來一只兩人坐沙發，將它放在適當的位置。然後，將椅子拿開，但不必拿出場外。

　　整個布置的過程不疾不徐。

　　兩人下。

　　燈暗。

2

這算是哪門子的
福星高照？

燈漸亮。

這是一間客廳。

爸爸和媽媽以國王、皇后的姿態分坐在沙發左右側，女兒坐在爸爸那邊的地上。一副承歡膝下的景象。

三人看著前方。

音效：電視上播報有關倒塌大廈廢墟中救出兩位青年男子的消息。

爸　爸：嘖、嘖、嘖。整棟樓就這樣倒了。

爸爸起身，往左前方走，好像站在鏡子前面似地整理他的領帶。

爸　爸：嘖、嘖、嘖。鋼骨就這樣斷了。

媽　媽：你在幹嘛？

爸　爸：我跟妳說了，我還有會要開。

媽　媽：這麼晚了還開什麼會？

爸　爸：沒辦法，時間是客戶定的。小華呢？

女　兒：（起身）他已經改名了。

女兒下。

爸　爸：小華今天怎麼沒回來？

媽　媽：他跟學校的社團到災區了。

爸　爸：我不知道他心裡在想什麼。他心裡已經沒有這個家了，連我幫他取的名字他也改了，看到我好像看到仇人一樣，可是他對陌生人倒蠻有愛心喔。

媽　媽：你對陌生人也蠻有愛心的。

爸爸打領帶的動作停了一下，但不回腔。

女兒上，著外出服。

女　兒：媽。

媽媽沒聽到。

女兒下。

媽　媽：你一定要出去嗎？

爸　爸：妳要我生意不做嗎？

媽　媽：你就不能有一天晚上好好待在家裡嗎？

爸　爸：我今天不是回來吃飯了嗎？

媽　媽：那就很了不起了嗎？

爸　爸：我們這種對白已經講過很多次了。我們還要再來一次填充問答嗎？身為——

媽　媽：男人。

爸　爸：我何嘗不想有時間回家吃晚飯，吃完飯跟你們一起看電視
　　　　——

媽　媽：享受天倫之樂。

爸　爸：可是我——

媽　媽：人在江湖、身不由己。

爸　爸：我必須要出去——

媽　媽：打拚。

爸　爸：縱使我再累，我也得想盡辦法賺錢，讓你們——

媽　媽：衣食無慮。

爸　爸：這是我們男人的——

媽　媽：宿命。

爸　爸：事情就這麼簡單。

媽　媽：句點。

　　　女兒上，一手拿著手機，一手提著背包。

女　兒：媽？

媽　媽：不要吵！

　　　女兒下。

爸　爸：（朝電視的方向瞄一眼）救出來了，總算是人救出來了。
　　　　這還眞算是所謂的大難不死、必有後福。

媽媽作勢用搖控將電視關上。

媽　媽：人救出來又怎樣？

爸　爸：妳這什麼話？

媽　媽：整個樓都垮了，可是他們全家沒有一個人有事，好像是有
　　　　値得高興的地方。可是，我在想，那家人爲什麼都沒事？

爸爸下。

媽　媽：地震的時候幾點？半夜兩點多對不對？那時候他們那一家
　　　　子在哪？爸爸帶小兒子去板橋談生意？半夜談什麼生意？
　　　　幹嘛還帶著小孩？談完後爲什麼不回家，跑到朋友家睡
　　　　覺？媽媽呢？媽媽半夜在哪裡？媽媽跑到淡水的廟裡去拜
　　　　拜，也順便睡在那裡。女兒呢？女兒半夜在天母逛街買生
　　　　日禮物。半夜去哪買？什麼樣的店會開到半夜？剩下兩個
　　　　兄弟在家半夜不睡覺在打大老二。好了，地震來了，全家
　　　　毫髮無傷。這是什麼樣的機緣湊巧？這算是哪門子的福星
　　　　高照？它在教我們什麼？教我們每天晚上，天一黑就立刻
　　　　全家疏散、各奔東西，有災難來的時候存活的機率比較大

嗎？

女兒上，背著背包並拖著一只皮箱。

女　兒：媽。

媽　媽：幹嘛？

女　兒：我出去一下。

燈暗。

燈漸亮。

撿場甲、乙上：他們將沙發搬到角落後，把鋼琴長椅放在舞台中間。

撿場甲：你知道導演要我們撿場的也講話，是有什麼意思嗎？

撿場乙：會有什麼意思？應該是爲了省錢吧。

撿場甲：省什麼錢？

撿場乙：如果他用演員的名義找我們來就要pay高一點。

撿場甲：撿場那麼便宜嗎？

撿場乙：你不要一直撿場、撿場的好不好？現在沒有人這樣叫了。

撿場甲：不然怎麼叫？

撿場乙：叫「搬道具的」。有時候，導演一忙起來，就直接叫我們「欸，道具」。

撿場甲：「欸道具」？聽起來太不專業了。

撿場乙：「撿場」聽起來就比較專業、比較有歷史又怎樣？還不是
撿垃圾的撿？我們這種人英文叫 "stagehand"，叫「舞台
手」，表示我們只有手，沒有大腦。

撿場甲：怪不得有關劇本、導演的、藝術的，他們從來不問我們的
意見。他們乾脆叫我們做劇場的黑手算了。

撿場乙：管他的，名字只是名字。

撿場甲：（看看擺設）這樣可以了吧？

撿場乙：可以了。

　　　　兩人準備下。

撿場乙：不要動！

撿場甲：什麼事？

撿場乙：噓！你聽。

　　　　兩人僵著身子，仔細聆聽。

撿場甲：聽什麼？

撿場乙：你沒聽到？

撿場甲：沒有。我只聽到觀眾呼吸的聲音。

撿場乙：我好像聽到什麼……算了。

兩人下。

燈漸暗。

3 我決定要面對
我的猥褻

燈漸亮。

這又是一間客廳。

女人坐在長椅上。

男人站在她前方，手裡拎著一只購物袋。

男　人：人呢？

女　人：都走了。

男　人：不是要吃火鍋嗎？

女　人：全走光了。

男　人：我老弟呢？

女　人：出去跳舞了。

男　人：你們又吵架了？

女　人：這次沒有，我心情很relax地看他出去跟別人跳舞。

男　人：那妳找我來幹嘛？要彈鋼琴給我聽嗎？

女　人：我找你來的原因是，是，是我決定要面對我的猥褻。

男　人：我是妳的猥褻？

女　人：我還沒講完。我最近有一個頓悟。我必須學會面對我的猥
　　　　褻。我已經跟猥褻活了一輩子了，幹嘛還假裝它不存在。

男　人：妳要怎麼面對？

女　人：這就是問題。我不知道面對猥褻的第一步是不是就是把我
　　　　的猥褻告訴別人。

男　人：妳知道我喜歡妳。自從第一次聽妳彈鋼琴，我就愛上妳

了。我也知道妳喜歡我，自從妳知道我喜歡妳的鋼琴，妳就好像找到知音地愛上我了。

女　人：然後？

男　人：我不能傷害我弟弟。我們已經講過了。

女　人：我不是要講這個。

男　人：妳就是要講這個。妳有頓悟，我也有頓悟。我最近發覺，我其實只是想跟妳在鋼琴上做愛，但並不是想和妳發生關係，妳懂我的意思嗎？但是，如果我們在這方面有了默契和共識，我們真的可以苟合，苟合完然後拍拍屁股、擦擦嘴巴就分開嗎？

女　人：我可以。

男人先愣住，然後走過去和女人擁吻。

男　人：這就是妳說的猥褻？

女　人：之一。

男　人：還有其他啊？

女　人：等一下再告訴你。

兩人繼續熱吻，男人突然又有頓悟，找機會講話。女人一直希望他不要講，但男人越來越投入，把女人全忘了。

男　人：其實，我們這樣做是不得已的。

女　人：不要講話。

男　人：我們沒辦法打敗猥褻的力量。

女　人：不要講話。

男　人：沒有人知道下一步會怎麼樣。沒有人知道明天妳會跟誰、我會跟誰。你以為你已經跌到谷底了，沒想到還有谷底的谷底，我講的不只是股票而已。我最近最常聽到的三個字是「討生活」，好像我們都變成乞丐了。其實，討生活的背後是，我們都隱約地感覺到生命的某個缺口，所以我們玩股票、做生意、看書、看電視、看電影、打牌、拜拜、上教堂、釣魚、爬山去忘掉那個缺口。但是，沒有什麼能比得上做愛，做愛是忘掉那個缺口最好的方法。問題是，高潮過後，一陣酥麻之後，那個缺口還在。

女　人：你為什麼把缺口和性交比在一塊？

男人趨前抱住女人。

男　人：妳不覺得這個隱喻很貼切嗎？

男人熱吻女人，現在換女人想講話了。

女　人：那我問你。

男　人：不要講話。

女　人：做愛之前比較會感覺到那個缺口，還是高潮之後？

男　人：這個嘛，我們等一下就知道了。

女　人：我同意，你如果不想要感覺到那個缺口，最好的辦法就是
　　　　做愛。

男　人：對。

女　人：但是只能做到一半，做到兩個人都很high的時候，突然一
　　　　起煞車。

男　人：這樣不是難受嗎？

女　人：就是要很難受。我會一直想到怎麼沒有肌肉痙攣，你會一
　　　　直想到為何沒有射精。難受啊，難受啊，難受的當下就自
　　　　然忘記那個缺口了。怎麼樣？要不要試一下？

　　　　男人一時不知如何回答。

女　人：僵局。

男　人：我知道。

女　人：我們話太多了。

男　人：是我太多了。妳那一段猥褻剛剛好。

　　　　燈漸暗。

　　　　男人和女人下。

長椅已被撤下。

燈漸亮。

4

有一種
被綁架的感覺

燈漸亮。

這是郊外。

雨顏和自由人坐在想像的營火前。

沉默。

自由人：你知道嗎？這是我們第一次跑到郊外來。

雨　顏：我們還在台北市內。

自由人：我以為這裡是台北縣。

雨　顏：台北的南端。那條河過去才是台北縣。

自由人：你一定要那麼精確嗎？你們不能想像一下，只看著天空而
　　　　不看電線桿嗎？

雨　顏：我可以想像，但是我還是看得到電線桿。

自由人：好美喔。

雨　顏：嗯。

自由人：有時候，到這種地方我才意識到我很多事情還是看不開。
　　　　我可以沒有職業、可以沒有社會地位，可以沒有很多一般
　　　　人認為不能缺少的東西，可是我其實還是不自由的。你有
　　　　沒有這種感覺？

雨　顏：當然。

　　　頓。

自由人：你永遠話那麼簡短嗎？

雨　顏：盡量。

自由人：這就是爲什麼你那一次拒絕接受媒體的採訪？

雨　顏：妳跟他們爲什麼老是要提那件事？

自由人：我不知道他們怎麼樣，我只是想多了解你。

雨　顏：不可能。

　　上班族與研究生上。

上班族：怎麼樣？有山有水、有風有月；沒有電腦、沒有電視；沒
　　　　有汽車的聲音，只有大地的脈動。怎樣，夠原始了吧？

雨　顏：給你講出來就不夠原始了。

　　上班族身上的手機響起，上班族起身接電話。

雨　顏：這叫什麼原始？出來露營還帶大哥大。

自由人：對啊，我們不是約好不帶手機的嗎？

上班族：雨顏，是找你的。

雨　顏：喔？

　　雨顏接過電話，講得有點神祕，越講離其他人越遠。

上班族：他怎麼會把我手機的號碼給人？

研究生：誰曉得。

上班族：他不是最反對大哥大的嗎？

自由人：等一下問他不就得了。

研究生：有問題。我們叫他辦個手機他不要，我們要幫他辦一個他
　　　　也不要，可是他卻會把你的手機號碼給人。

　　雨顏走回來，對自由人說話。

雨　顏：妳聽一下。

自由人：誰啊？

雨　顏：妳聽嘛。

　　自由人站起來，接過電話。

自由人：喂？

　　自由人漸漸走遠。

上班族：到底是怎麼回事？

研究生：誰啊？

雨　顏：沒事。

研究生：怎麼會一下找你，一下又找她？

雨　顏：眞的沒事。我去分配一下睡袋。

雨顏下。

研究生：你陪他去。我找機會問問她到底是怎麼回事。

上班族：欸，不要搞得太僵殺風景喔，今天可是來慶祝我找到工作
　　　　的。

研究生：我知道。

上班族下。

不久，自由人回來。

研究生：怎麼啦？

自由人：沒事。

研究生：明明就是有事，怎麼問雨顏他說沒事，問妳妳也說沒事。
　　　　到底是什麼事嘛？

自由人：其實也沒什麼啦。我來露營前把手機放在我住的地方，我
　　　　媽有事找我，結果是我室友接的，她告訴我媽說我去露
　　　　營，就把大牛的手機號碼給我媽。

研究生：那妳媽幹嘛找雨顏講話？

自由人：我有一次帶雨顏到我家，沒想到我媽中午回家拿她忘了的

東西，所以她知道雨顏。她對雨顏印象很好，以爲我們是
一對。

研究生：你們是不是一對？

自由人：當然不是。

研究生：是雨顏不要？

自由人：（看到雨顏來了）你自己問他好了。

雨顏上、自由人下。

雨　顏：差不多了。

研究生：你到過她家？

雨　顏：嗯。

研究生：有沒有特別的意義？

雨　顏：沒有。

研究生：沒有那你爲什麼要到她家？爲什麼不到我家？

雨　顏：怎麼突然到別人家變成這麼重要？我到你家代表了什麼？
　　　　我們還活在封建的時代嗎？我們回到了人間四月天的時代
　　　　了嗎？我已經三年沒回過我家了，我爲什麼要跟你回你的
　　　　家？我現在沒有家，只有住的地方。我上次陪她回家拿東
　　　　西，我走進門口，看到她家的沙發、櫥櫃裡的可愛小東
　　　　西、鋼琴上的照片──尤其是那張全家福──還有她爸爸
　　　　的茶杯、她媽媽的廚房，我一時有好像回到我家的感覺。

　　有一種被綁架的感覺。

　　自由人與上班族上。

上班族：各位，我突然想到一個問題。我們只有兩個帳篷，一個帳
　　　　篷只能睡兩個人，今天晚上要怎麼睡啊？

　　四人無話。

　　燈漸暗。

　　四人下。

　　燈漸亮。

　　撿場甲、乙、丙上。

　　他們將三張椅子並排成一線，置於舞台正中。

　　之後，撿場甲、乙抬出演講台，置於椅子兩公尺前。

　　從頭到尾撿場丙都不講話，只是冷冷地看著甲、乙。

撿場甲：有一次我在赤道，天氣熱得連冰箱都在出汗。我隨意地說
　　　　「好熱喔」，那三個字才剛從我嘴巴滑出來，我眼睜睜地看
　　　　到它們溶解在空氣中。

　　撿場甲講話的同時，兩位演員上。

　　他們分坐於觀眾之中。

撿場甲講完，坐在觀眾之中。

撿場乙：那有什麼了不起。有一次我在北極，天氣冷得連企鵝都在
發抖。我好不容易才吐出三個字「好冷噢」，我眼睜睜地看
著那三個字「好冷噢」凝結在寒氣中，旁邊還有個驚嘆
號。「好」、「冷」、「噢」！（以手勢比個驚嘆號）

撿場乙講完，也坐在觀眾席內。

燈漸暗。

5 所以我們怪罪
吳宗憲

燈漸亮。

這是一個會議廳。

撿場丙站於講台之後，雙手攤開置於講台兩側的前緣，一副傳道的姿態。

演講者：各位，我今天要跟你們上課，上一段有關社會語言學的
課。我雖然沒有相關的學位，但是台灣所有的語言學家
——如果他們稱得上「家」的話——他們對語言了解的總
數還比不上我對語言領悟的小指頭的這一節。各位，台灣
目前正歷經一種革命，你如果還沒聞到那種革命正在蔓延
的氣息，那你八成是個聾子。我們都知道台灣很亂，可是
怎麼個亂法、為什麼亂，我們找不出個頭緒。所以，所以
我們怪罪吳宗憲。是的，我們怪罪吳宗憲。我們怪他私生
活沒有道德，怪他的節目有礙風化。但是我們真正想怪
的，是他那種不知道從哪裡蹦出來的語言，那種純屬打屁
的語言。但是，這種打屁的語言是吳宗憲獨自創獲所見的
嗎？當然不是。他的師父是胡瓜，胡瓜的師父是張菲，張
菲的師姊是張小燕。沒錯，這聖火是由先烈一脈相傳下來
的，而聖火的源頭就是——我們。沒錯，吳宗憲不是從石
頭蹦出來的孫悟空，我們都是他的親身父母。所以，我真
正要講的是，我們要擁抱吳宗憲，他是你我的縮影；我們
要學習他的文字革命、他的打屁精神。掌握了革命的先

機，你就掌控未來；只有掌控未來，我們才能打開我們的
視野、實現我們的願景。各位，革命尚未成功，同志尚須
努力，大家加油！

演講人說完擊掌。
演講人下。
其他四位演員走到中央。

組　長：坐下來。

組員1、2、3坐在椅子上。坐在中間的組員1舉手。

組　長：先不要問問題，先聽我講。我知道剛才真人那一席話很
　　　　炫，但是，你們自己要去體會。今天，我們要檢討的是所
　　　　有的組別裡面，我們這一組的成績最差。我們要找出原
　　　　因，是我的領導有問題，還是你們出了問題。如果是我的
　　　　問題，我馬上自動請辭；如果是你們的問題，我要知道是
　　　　什麼問題。

組員1再度舉手。

組　長：你有什麼問題？

組員 1：我相信我已經全心全力地投入在工作上了，也可以說這個
工作是我的信仰，但是我碰到的問題是，這年頭一般民眾
對「直銷」這兩字都很敏感，也可以說是反感，我還沒介
紹到我們的產品——

組　長：好，這就是你的錯。各位，我們那麼多次的聚會，從頭到
尾有沒人有說過「直銷」兩個字？

組員 2、3：沒有。

組　長：沒有。一旦大眾對我們有錯誤的認知時，我們該怎麼辦？

組員 2：教育大眾。

組　長：沒錯！教育他們。我們不怕誤解，我們只怕——

組員 3：漠然。

組　長：漠然。

組　長：景氣不好對國家好不好？

組員 2、3：不好。

組　長：景氣不好對我們有沒有影響？

組員 2、3：無傷。

組　員：中共飛彈打過來，你們怕不怕？

組員三人：怕。

組　長：有關中共飛彈要打來的消息你們怕不怕？

組員三人：不怕。

組　長：不怕，為什麼？傳言就是機會。誤解是溝通的開始、溝通
是達陣的一半。各位，從一開始你們加入這個團契，我們

不但不談直銷，而且還告訴各位，這不是個行業，這是你
的生涯規劃。它是讓你重新思考你的生活方向、你的人際
關係、你的家庭生活的契機。沒錯，它也是一種奉獻、一
個指標。所以，一旦你的服務品質下滑的時候，那就表示
你的生活，甚至你的生命出現了警訊。這位弟兄，我問
你，你這一季的成績創下歷史新低，是出了什麼問題？

組員1：我只是覺得這次的產品很難賣。

組　長：各位，我們這一季服務的項目是什麼？

組員2、3：靜電分離子沙發。

組　長：沙發。沙發有什麼困難的？

組員1：我全部的朋友都有沙發了。

組　長：沙發可不可以換？

組員2、3：可以。

組　長：他們嫌麻煩，我們該不該主動提供服務？

組員2、3：該。

組員1：可是，要他們花四萬塊買一張沙發，他們就——

組　長：這時候就是你教育對方的機會，提醒他，他獲得的不只是
　　　　一張沙發，他獲得的是開拓人際網絡的轉捩點。

組員1：可是，我不知道怎麼從沙發講到人際網絡。

組　長：我曾經碰到一個推銷員，他為了賣我保險跟我耗了三個鐘
　　　　頭，他從台灣繞到世界，從地震繞到環保、從人生繞到女
　　　　人，從啤酒繞到whisky，到了最後三分鐘才把他的案子抽

出來。

組員1：後來你有沒有買？

組　長：沒有，你以為我是白癡啊？我從頭到尾都在欣賞看他怎麼
　　　　繞啊、怎麼繞的，看他又如何在最後來那麼一個致命的一
　　　　擊。

組員1：可是——

組　長：你還在可是！你到現在還在逃避！你是根本不敢正視那個
　　　　警訊。告訴大家，最近你的生活到底出了什麼問題？

組員1：沒有啊。

組　長：家裡呢？

組員1：很好。

組　長：很好？

組員1：嗯？

組　長：很好？

　　　　組員1突然哭了起來。組員2、3安慰組員1。

組　長：不要安慰他！安慰是毒藥、是弱者的鴉片。

組員1：也許我就是弱者，不適合這個行業。

組　長：你要放棄隨時可以離開，入會之前沒有人要求你歃血為
　　　　盟。但是，身為你的組長，我必須提醒你，你不能一再逃
　　　　避。一旦放棄這個，你就放棄你自己。

組員1越哭越淒慘。

組　長：不過，你放心，我們不會放棄你的。

燈漸暗。
四人下，順便將一張椅子及講台帶走。
燈漸亮。
撿場甲、乙上。兩人搬著一張四方咖啡桌。

撿場甲：然後，他看前面的車子慢得像牛車，然後他就叭他，前面
　　　　的車子還是不理他，然後他就決定超車，可是前面的車子
　　　　不讓他超，還故意尬他，然後兩輛車子就撞上了，撞上之
　　　　後兩人下車，他從車裡拿出鐵拐，然後對方二話不說，從
　　　　口袋掏出一把槍，然後二話不說就一槍把他斃了。

撿場乙：好像電影喔。

沉默。

撿場乙：……我最近早上醒來都有隨時會掛掉的預感。

燈漸暗。

6

我跟你在一起
只是爲了
跟別人打手機

燈漸亮。

這是一間咖啡館。

男朋友和女朋友對坐。

兩人無話,做喝咖啡狀。

如此持續數秒。

突然,女朋友手機響起。

女朋友:喂?……剛起來啊?一副聲音還沒化妝的樣子……還有
誰?除了他還有誰……我喝latté,他喝espresso……明
天?還沒有決定……等一下?也還沒決定。等我們確定了
再打給你。好,拜。

女朋友掛上電話的同時,男朋友的手機響起。

男朋友:喂?你們現在在哪裡?……我們還不一定……如果沒地方
去我們等一下就過去。好,拜。

男朋友掛上電話。

女朋友:親愛的。

男朋友:什麼?

女朋友:我跟你在一起只是為了跟別人打手機。

男朋友：親愛的，我跟妳在一起只是不想一個人打手槍。

　　燈漸暗。

　　兩人下，並將桌子撤走。

　　燈漸亮。

　　撿場甲、乙上。

　　他們重新安排座椅的擺設。

撿場甲：好煩喔，我們可不可以不要講話？

撿場乙：可是我們有台詞。

撿場甲：可是那些台詞好無聊喔。

撿場乙：算了，那就不要講，反正我們已經排好了。

　　撿場甲、乙下。

　　燈漸暗。

7

所以
我選擇坐中間

燈漸亮。

這是計程車的內部。

乘客坐在後面中間的位子；司機坐在前面，並做開車狀。

乘　客：我每次碰到那種一句話都不說的司機就很不安。不安的時候，我就不知道該坐哪裡。左邊、右邊、還是中間？坐左邊，我怕司機以為我要趁機勒他的脖子；坐右邊，我怕在後視鏡和司機冷漠的眼神接觸。所以我選擇中間，中間視野最好，既可以看路，又可以看司機，有狀況的時候，又可以隨機應變，可以從右邊跳車，也可以從左邊勒他。而且，我常常很阿Q地安慰自己：坐中間最符合國家的路線。

司　機：我每次碰到那種一句話都不說的乘客就很不安。不安的時候，我就很注意他坐的位子。左邊、右邊、還是中間？坐左邊，我怕乘客會隨時勒我的脖子；坐右邊，我怕在後視鏡和乘客冷漠的眼神接觸。坐中間，我就比較放心，因為這表示他怕我。但是，我其實很想告訴乘客，如果碰到狀況，坐中間死得最快。

司機突然緊急煞車，乘客身子往前急傾。

司　機：他媽的，開車不長眼睛。

乘　客：就是嘛。

司　機：台灣交通這麼亂，就是因為有這種雜碎在開車。

乘　客：一點都沒錯。媽的，有一次，我……

　　　　乘客以下只比手畫腳，邊講邊往右邊的座椅靠。

　　　　燈漸暗。

　　　　兩人下，順便將椅子撤走。

　　　　燈漸亮。

　　　　五位撿場一一上場，每人將購物袋依次排成三列，每列至少七個。各式各樣的購物袋於舞台形成一個長方形；因購物袋之間有足夠的距離，演員可自在地穿梭其間。

　　　　這一段的舞台布置沒有對白，只有音效，撿場應以齊一而緩慢的節奏進行布置的儀式。

8 王羽因為這麼一句
「Merry X'mas！」
成了我們的民族英雄

燈漸亮。

一名女子以憑弔的姿勢站在一個購物袋前。

過了一會，兩名男子不懷好意地走向她。

前　男：小姐？

女　子：幹嘛！

突然，前面男子作手持麥克風狀，後面男子作攝影狀。

前　男：小姐，我們是西森電視台，能不能訪問妳？

女　子：喔。訪問什麼？

前　男：請問妳，為什麼會來陽明山賞花？

女　子：呃，因為花開了啊。

前　男：那請問妳看到花的心情怎樣？

女　子：呃，很好啊。

前　男：謝謝妳接受我們的訪問。

兩名男子下。

女子邊走邊拿出手機，撥電話。

女　子：媽，人家我上電視了耶！

　　女子下。

　　上班族以閒逛的姿勢走來，專注地看著購物袋。

　　研究生上，走向上班族。

研究生：你在看什麼？

　　上班族不答。

研究生：你在看什麼？

上班族：嗯？嚇我一跳。

研究生：你在看什麼？

上班族：我在看這些奇奇怪怪的東西。日本人實在超級無聊，無聊
　　　　　到會發明設計一些完全沒用的東西。你猜猜這個是幹什麼
　　　　　的？

研究生：看不出來。

上班族：這是擠牙膏用的。有沒有，我們每次用牙膏用到最後快擠
　　　　　光的時候，不是很難擠出來嗎？

研究生：對、對、對。要用兩手擠，好不容易擠出來一點，稍微一
　　　　　放開，牙膏又縮回去。

上班族：對，它這個就是為了那個設計的。你把牙膏從後面放進
　　　　　去，然後你開始轉這個鈕，它就從牙膏的屁股捲到前頭，
　　　　　把牙膏擠得光光的。

研究生：我想買一個試試。

上班族：少無聊了！走吧，找他們去。

　　　　上班族把研究生拉走。

上班族：咦，今天雨顏帶來的所謂的朋友到底是男的還是女的？

研究生：應該是女的吧。

上班族：你確定？

研究生：好像是女的。

上班族：我們等一下想辦法試探一下。

研究生：不太好吧。

上班族：你放心，我會很有技巧的。

　　　　兩人下。

　　　　爸爸、媽媽上。

媽　　媽：這裡整片以前都是田。

爸　　爸：我跟妳發誓，我承認我什麼都不懂了。

媽　　媽：現在都是公寓，沒有人住的公寓。

爸　　爸：我什麼都不知道了。

媽　　媽：你看那一大堆人擠在門口等百貨公司開門。

爸　　爸：我跟這個世界漸行漸遠。

媽　媽：我們以前去廟裡上香也沒那麼虔誠。

爸　爸：妳不要笑我，有時候我居然會偷偷地懷念起戒嚴的時代。

媽　媽：啊？⋯⋯好遠的時代咯。

爸　爸：至少那時候我以為我知道我是誰。

媽　媽：好像上個世紀的事兒了。

爸　爸：至少那時候很多事情我們可以掌握，現在呢？沒有一件事情是我能確定的。

媽　媽：本來就是上個世紀的事兒了。

爸　爸：尹清楓到底是誰殺的？

媽　媽：羅生門。

爸　爸：整個軍艦購買弊案高層到底牽涉多高？

媽　媽：羅生門。

爸　爸：劉邦友的血案到底是誰幹的？

媽　媽：羅生門。

爸　爸：那個師大教授到底有沒有性騷擾那個學生？

媽　媽：羅生門。

爸　爸：我們兒子到底是不是同性戀？

媽　媽：羅生門。

爸　爸：我們女兒還是不是處女？

媽　媽：羅生門。

爸　爸：我們結婚二十年這期間，妳有沒有出軌？

媽　媽：羅生門。

爸　爸：我有沒有外遇？

媽　媽：有。

　　　　頓。

爸　爸：幾次？

媽　媽：羅生門。

爸　爸：我現在只相信一個人。

媽　媽：誰？

爸　爸：王羽。

媽　媽：就是那個以前演過《火燒紅蓮寺》的「大刀王五」？

爸　爸：他懷疑他老婆跟別人睡覺，所以他錄音，還派人跟監。到
　　　　賓館捉姦那一天，他怕又搞出個羅生門，所以找了警察、
　　　　找了攝影師，門一踢開，劈頭就說「Merry X'mas！」，把
　　　　那兩個在通姦的狗男女逮個正著，連賴都賴不掉。實在是
　　　　太爽了！就在那一刻，王羽因為這麼一句「Merry X'
　　　　mas！」成了我們的民族英雄。

媽　媽：到新光看看吧。

爸　爸：以前這裡整片都是田……

　　　　爸爸、媽媽下。

　　　　自由人上，走到居中的那個購物袋前，低頭默哀。

　　燈轉暗至只剩一道寒光。

　　如此持續數秒。

　　上班族和研究生從左上；雨顏和他的朋友從右上。

　　燈恢復至原來的亮度。

上班族：怎麼啦？

自由人：沒有，我在考慮要不要買這件。

雨　顏：你們在這裡。

上班族：這位是……

雨　顏：我朋友。

自由人：你好。

朋　友：嗨。

研究生、上班族：嗨。

　　沉默。

研究生：雨顏，你上次不是說在找一種很密的濾網嗎？日本人發明
　　　　　　的那種可以把油撈起的那種有沒有？我已經找到了。

雨　顏：眞的啊？

研究生：我帶你去。

上班族：你們去，我陪你朋友逛逛。

雨顏和研究生下，但研究生突然折回，對上班族耳語。

研究生：別忘了，技巧。

上班族以手指做 "OK" 狀。

研究生下。

自由人留在原處，恢復先前悼念的姿勢。

上班族和雨顏的朋友慢慢走開。

上班族：我還不知道你的名字。

朋　友：你是不知道。

上班族：你的名字是？

朋　友：我朋友都叫我Sam。

上班族：我英文不太好，Sam是Samuel還是Samantha的縮寫？

朋　友：就是Sam。

上班族：你想去哪一層樓逛？

朋　友：隨便。

上班族：淑女部？

朋　友：可以。

上班族：紳士部？

朋　友：可以。

沉默。

上班族：我突然想上廁所。

朋　友：廁所在那邊。

上班族：你……要不要一起上？

朋　友：我現在不想上。

　　兩人下。

　　男子上，走向自由人，但她的身分已變成簡單的女子。

男　子：走了吧。

女　子：你覺得他會不會寂寞？

男　子：不會。（看看四周的墳塚）他在這裡有很多朋友。

女　子：我所有的朋友裡面他對我最好。

男　子：我知道。

女　子：只有愛，沒有背叛。

男　子：好了啦。

女　子：只有付出，沒有要求。

男　子：走了啦。

女　子：無怨無悔。

男　子：我知道。

女　子：他就這樣走了。

男　子：走了吧。

　　　　男子扶著女子走出。
　　　　男子突然折回。女子繼續走著。

男　子：（自語）差點忘了東西。

　　　　男子拿起一只購物袋，從同一方向下。

男　子：（嘀咕）莫名其妙，只是一隻狗，他媽的⋯⋯

　　　　燈漸暗。
　　　　撿場甲、乙上。兩人將購物袋收起。
　　　　撿場甲收到一半停住。

撿場甲：你有沒有聽到一個聲音？
撿場乙：什麼聲音？
撿場甲：你不要動。你聽。
撿場乙：沒有啊。

　　　　兩人恢復收拾的動作。
　　　　過了一會，撿場甲又停住。

撿場甲：噓！你聽，你聽！

　　撿場乙用力地聽。

撿場乙：什麼聲音？沒有啊。

　　兩人恢復收拾的動作。
　　這一次換撿場乙停住了。

撿場乙：我聽到了！我聽到了！

　　兩人仔細地聽。

撿場乙：那是什麼聲音？
撿場甲：聽不出來。
撿場乙：是不是空調的聲音？
撿場甲：沒那麼大。
撿場乙：是不是水管漏水的聲音？
撿場甲：不像。

　　兩人收拾完將購物袋拿下。

同時，撿場丙、丁上，合力抬著那張兩人座沙發。

撿場丙：是不是鐵皮生鏽的聲音？

撿場丁：沒那麼粗。

撿場丙：牆面發霉的聲音？

撿場丁：也沒那麼細。

撿場丙：那會是什麼聲音？

撿場丁：我也不知道

兩人確定桌子的位置。

兩人下。

撿場甲、乙上。

撿場甲：聽起來讓人感覺很恐怖的聲音。

撿場乙：怎麼會？我覺得蠻悲壯的。

撿場甲：可是，你不覺得有一點淒涼嗎？

撿場乙：有一點。

兩人將最後的一些購物袋拿下。

燈漸暗。

9

他們不曉得
他們已經死了嗎？

燈漸亮。

爸爸和媽媽以皇家的姿態坐在沙發的左右側。

兒子和女兒分站兩邊看著他們。

媽　媽：我爸媽是在抗戰的時候認識的。我爸沒有正式從軍，但是
　　　　他有參加游擊隊，我媽是廈大的熱血青年，特別休學北上
　　　　參加抗日的行列。他們是在山裡認識的，我爸爸永遠忘不
　　　　了那一天。那一天，天本來下著綿綿細雨，好不容易停
　　　　了，天還是陰陰的，山峰在白霧中冒出一點青頂兒。我爸
　　　　爸正用樹枝縫補他的草鞋時，我媽媽出現在雲霧中。她穿
　　　　著灰褲子，赤銅色的襯衫，灑著銹綠圓點子，一色的包
　　　　頭，被風吹得退到腦後，露出長長的微鬈的前劉海來——

以下爸爸打斷媽媽，媽媽露出不悅的神情。

爸　爸：我爸媽是在防空洞認識的。那時候，美軍轟炸台灣，飛機
　　　　一來大家就往木柵的山區逃命。我們張家在貓空已經六代
　　　　了。妳知道貓空這個名字是怎麼來的？

媽　媽：當然知道。

爸　爸：大家都以為貓空只有茶田，其實很早已前木柵一帶曾經是
　　　　生產煤碳的礦坑。我阿爸和我阿公少年的時候都做過礦
　　　　工。我阿爸告訴我，貓空不長樹的山壁很奇怪，有很多小

　　　　凹洞，白天看起來不怎麼樣，在有月光的晚上，那些小洞

　　　　會發亮很像被挖空的貓眼，所以才叫——

媽　媽：錯了！貓空名字的由來是，以前山裡醉夢溪最寬廣的那

　　　　裡，有一塊巨石，溪水因為那塊大石頭而一分為二，從石

　　　　頭兩邊流下去，從遠處看好像一隻貓的頭。後來，不知道

　　　　為什麼，石頭不見了，所以叫貓空。

爸　爸：胡說八道。妳又不是木柵長大的，妳哪知道貓空什麼由

　　　　來？

媽　媽：電視上有介紹。

爸　爸：電視能信嗎？我的版本是我阿爸告訴我的，而他的又是怎

　　　　麼來的？當然是他阿爸告訴他的。

媽　媽：那又怎樣？

爸　爸：你要相信電視，還是相信活生生的人？

媽　媽：電視是經過考證的，不會亂說的。

爸　爸：電視為什麼不考證我？我可以給他正確答案，幹嘛散布不

　　　　實的傳說？如果我的說法是假的，那我阿爸在撒謊咯？他

　　　　根本沒有做過礦工，他阿爸也沒做過礦工，木柵根本沒有

　　　　礦坑？

　　　　幾秒過後。

兒　子：他們不曉得他們已經死了嗎？

女　兒：應該不知道。

兒　子：爲什麼我聽得到他們的聲音？

女　兒：我也聽得到，可是不是很清楚。

兒　子：每次這時候，他們都會來嗎？

女　兒：會。

兒　子：睡覺呢？

女　兒：昨天我看了一下，他們還是會回來睡覺。

兒　子：那我們該怎麼辦？

　　以下女兒邊講時，爸爸和媽媽慢慢地站起，慢慢地走開，而女兒和兒子慢慢地坐在他們的位子。

女　兒：我們可以睡他們的床，坐他們的椅子，再生幾個小孩來睡我們的床，坐我們的椅子。這樣他們自然慢慢會消失。

　　燈漸暗。

　　兩人下。

　　燈漸亮。

　　撿場甲、乙上，一人各帶著一張椅子。

撿場甲：我知道了，那個聲音很像契訶夫的《櫻桃園》裡面，一根絃斷裂的幽遠的巨響。

撿場乙：有點像，但是它沒有那麼清脆，比較渾沌。我知道了，它
　　　　　比較像《星際大戰》不知到第幾集裡面，一隻鯨魚在水裡
　　　　　發出聲音，結果引來可以毀滅地球的隕石。

撿場甲：欸，我們好像越來越接近了！

撿場乙：是嗎？

　　　撿場甲、乙將沙發及椅子定位。

　　　兩人下。

　　　燈漸暗。

10

不要因為你的無知
而表現得那麼驚訝

　　燈漸亮。

　　這是一間KTV包廂。

　　雨顏、自由人、研究生、上班族正在KTV唱歌。

　　半醉的自由人主唱。

上班族：這沙發好特別喔。會給你越坐越舒麻的感覺。

研究生：我們家也有。

自由人：我在唱歌的時候不要講話。

　　自由人接著唱。

　　突然斷電，一片漆黑。

自由人：怎麼啦？

　　除了雨顏，其他人也發出不解、訝異的話語。

研究生：停電了。

雨　顏：廢話。

上班族：大家不要動！是不是地震了？

　　燈微亮。

　　只見：幾人站定，感應地震。

全部（除了雨顏）：沒有。還好。

上班族：我出去看看。

自由人：順便幫我帶些啤酒回來。

上班族：妳喝太多了，不要。

　　　上班族下。

自由人：不能唱歌，喝酒總可以吧。不然，雨顏，你跟我跳舞。

雨　顏：沒有音樂怎麼跳？

自由人：剛才有音樂你也不陪我跳。

研究生：不要鬧了。

自由人：我有在跟你講話嗎？

　　　上班族上。

雨　顏：怎麼樣？

上班族：整棟樓都停電了，外面亂七八糟，有人感覺有地震，有人
　　　　聽說有火災，一堆人往樓梯擠，可是店員說帳還沒有結，
　　　　也不能結因為電腦也down了，所以要大家耐心等一下，電
　　　　馬上就來。他們幾個圍成肉牆擋在樓梯，但是我們人太多
　　　　了，還是有幾個人衝出重圍，跑下樓去了。

研究生：那我們呢？

上班族：我看還是待在這裡較安全。

自由人：沒有空調好熱噢！

雨　顏：忍耐一下，電應該馬上會恢復的。

上班族：真掃興，今天本來是要慶祝妳終於找到一份正當的職業
　　　　的。

自由人：算了，這樣也好，比較適合我的心情。

上班族：幹嘛啦？

研究生：她醉了。

自由人：我今天來就是打算喝醉的，而且我明天不想去上班了。

上班族：幹嘛啦妳？上班還不到一個禮拜。

自由人：上班太無聊了。

上班族：誰說上班是有聊的？

自由人：我不像你。

上班族：不像我怎樣？

自由人：你需要一家公司給你一個位子。我不要那個位子。我討厭
　　　　有位子的感覺。好像五線譜上面掛顆豆芽，掛在哪裡就只
　　　　能發出哪個音，其他的聲音都是錯的。

上班族：麻煩帶她去吐一吐好不好？

自由人：幹嘛？

上班族：妳每次講話開始用比喻就表示你醉了。

研究生：走吧，去吐一下也好。

　　研究生過去扶自由人。

自由人：不要碰我！

研究生：妳不用推我啊！

自由人：我今天要趁著酒意把話說出來，反正大家也沒地方去，幹
　　　　嘛不趁這時間聊個痛快。

雨　顏：有些話說了沒用的就不要說。

自由人：不說出來，你怎麼知道有沒有用？

雨　顏：絕大部分的時候都是沒用的。

自由人：（對著上班族）你不是很多話要問雨顏嗎？這是最好的機
　　　　會。

上班族：我哪有什麼話要問？

雨　顏：多謝你上次那麼照顧我朋友，還邀他一起上廁所。

自由人：他不是真的要上廁所，他只是在找線索，就像我現在一
　　　　樣。

研究生：不要這樣。

自由人：你少來，你跟我一樣好奇。

雨　顏：你們想知道什麼？

上班族：大家不要這麼嚴肅嘛。我再去看看外面──

雨　顏：你到底在找什麼線索？

上班族：做為你的朋友，我、我們，想多了解你一點。只是，你每

次和我們在一起總是不談你自己或你的家人，老是在說些
周邊的事，我們覺得——

自由人：他想知道你是不是gay。

雨　顏：妳呢？

自由人：我也想。

雨　顏：你呢？

研究生低頭迴避。

上班族：也不只是你的性慾取向，還有很多其他的。

雨　顏：知道我是不是gay以後呢？

上班族：至少是認識你的開始。

雨　顏：還是結束？

自由人：對我而言，可能是開始，可能是結束。

上班族：什麼意思？你不會膚淺到因為你是gay我就——

雨　顏：我們都很了解你的原則。你不管別人是不是gay，只要他們
不要來惹你就好了。

上班族：有什麼不對的嗎？

雨　顏：沒有。只是你說太多次了。（對自由人）我不是告訴妳，
不可能了嗎？

上班族：你在說什麼啊？

雨　顏：不要因為你的無知而表現得那麼驚訝。

自由人：我喜歡他。（指研究生）還有，他喜歡他。

上班族：什麼啊！

研究生：不要因為你的無知而表現得那麼驚訝。

上班族：好，就算我無知、粗線條好不好。可是怎麼搞得這麼複雜
　　　　呢？

雨　顏：你要不要坐下來？

上班族有點激動地走來走去。

雨　顏：坐下。

上班族乖乖地坐下。

雨　顏：你們要我說什麼？

自由人：為什麼上次那個事件以後你就很少說話了？

雨　顏：上次那件事我什麼都沒說，我對媒體只說了「無可奉告」
　　　　四個字，他們還能大作文章，重複播放，還請專家學者解
　　　　讀我的無可奉告──

研究生：那是媒體為了──

雨　顏：收視率。怎麼樣？話還沒講完別人就知道你要說什麼，不
　　　　太好受吧？

研究生：我不是要說那個。

雨　顏：我早就決定盡量少說話，除了「你好」、「吃飽了沒」、「請問廁所在哪裡」。這些你們認為的廢話其實才是最有意義的。我一個朋友有一回到合歡山賞雪，他坐在窗前看著外面，外面玩雪的遊客忙著照相，有的全程用V8錄影，他皺起眉頭，決定不要看著那些遊客。於是，他只看著雪：一片片飄下的雪花落到地面就融了，有些更細的在半空中就化成水了。他仔細地看著那個最自然不過的奇景。有些感觸、有些領悟。他想告訴正在看電視的男朋友，就在他說「這雪好美，好像什麼什麼」的時候，他發覺他說話時吐出去的空氣把窗子弄模糊了，他正在形容的雪景幾乎看不見了。他愣住了，傻在那，講不出話來。從那時起他就再也不講話了。

研究生：他受得了？

自由人：別人受得了嗎？

上班族：你這朋友是男的，還是女的？

雨　顏：我那朋友好像找到了什麼線索。可是他無法告訴任何人；他知道只要他說出來，那個線索就會消失。大家都在找線索，我也不例外，可是，我不知道該告訴你們什麼、該告訴你們多少。我可以告訴你們我的性向，還有我的性慾取向，可以告訴你們有關我家的故事，還有任何你們認為重要的大小事。但是這些有什麼用呢？所以我講了一個故事給你們聽，我用隱喻和你們溝通。我只有隱喻。隱喻到底

　　　　會讓你們更接近我，還是更遠離我，我也不曉得。我只有
　　　　隱喻。我才說我不想多說，我還是說多了。

自由人：你不能因為這樣就不說。

　　　　舞台忽地大亮。

上班族：電來了，至少這一點我們是可以確定的。

　　　　上班族才說到「的」，舞台急速全暗。

　　　　　　　　　　　　　　　　　　　　　　　　——劇終

INK PUBLISHING　文學叢書　168
倒數計時

作　　者	紀蔚然
總 編 輯	初安民
責任編輯	陳思妤
美術主編	高汶儀
美術編輯	張薰芳
校　　對	陳思妤　紀蔚然

發 行 人	張書銘
出　　版	**INK**印刻出版有限公司
	台北縣中和市中正路800號13樓之3
	電話：02-22281626
	傳真：02-22281598
	e-mail：ink.book@msa.hinet.net
網　　址	舒讀網http://www.sudu.cc

法律顧問	漢廷法律事務所
	劉大正律師
總 代 理	展智文化事業股份有限公司
	電話：02-22533362・22535856
	傳真：02-22518350
郵政劃撥	19000691 成陽出版股份有限公司
印　　刷	海王印刷事業股份有限公司

出版日期	2007年11月 初版
ISBN	978-986-6873-43-0

定價　220元

Copyright © 2007 by Chi, Wei-jan
Published by **INK** Publishing Co., Ltd.
All Rights Reserved
Printed in Taiwan

國家圖書館出版品預行編目資料

倒數計時／紀蔚然著.--初版.
--臺北縣中和市：INK印刻，2007.11
面；　　公分.--（文學叢書；168）
ISBN 978-986-6873-43-0（平裝）

854.6　　　　　　　　96019582

版權所有・翻印必究
本書如有破損、缺頁或裝訂錯誤，請寄回本社更換